あすなろ書房

一〇五度

もくじ

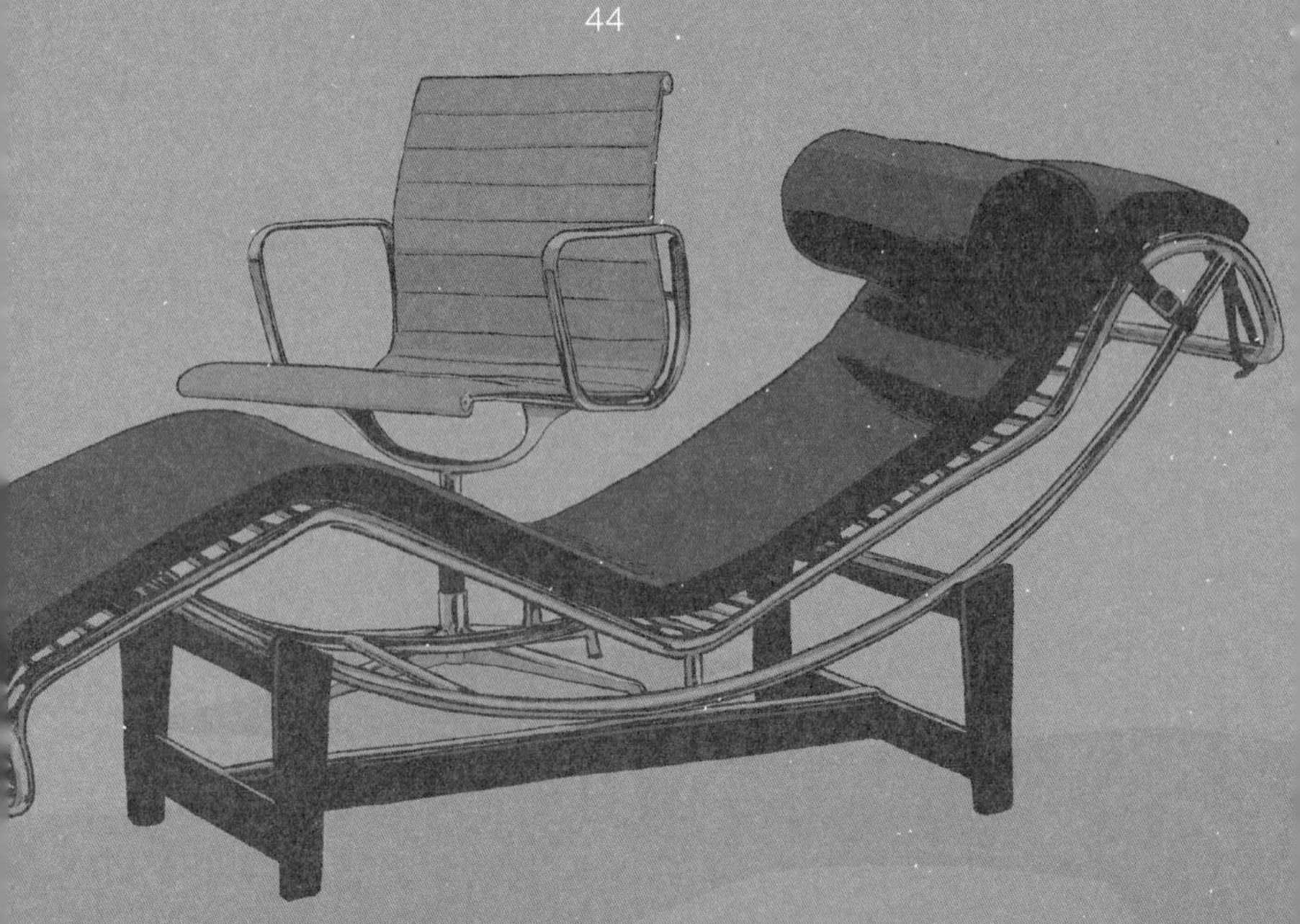

プロローグ

ニューヨークの近代美術館に、見覚えのあるイスがあった。

あ、ぼくがデザインしたイスだ。

と、一瞬思ったけど、展示されているわけではなくて、エントランスでふつうに使われているのだった。

でも、それはそれでうれしい。イスは、すわるためにあるのだから。

誇らしい気分で、その真っ白いイスにすわる。

すると、ガクッとイスの脚が折れて、ぼくは床にひっくり返った。となりの人も床に倒れた。そのとなりの人も。

最低だ。こんな蚊みたいに細い脚が人の体を支えられるわけないだろ！

頭を下げる。あやまる。ひたすらあやまる。

ピピピピッ！

目を開けると、ぼくは自分のベッドの上で、冷や汗をかいていた。
アラームを止めて起き上がる。
……夢で良かった。

1 編入生

騒がしい教室に入ってすぐに立ち止まり、ぼくはイスを見る。

可動式チェアだ。スライド式の二本のごつい角パイプの脚で、座面の高さを調節できるようになっている。ここは机もそろって可動式だから、デザイン的にはごついの二乗で、超ごつい。

「おはようございます！」

石井先生の声で、はっと我に返った。恰幅のいい先生のバリトンの声は、夏祭りの大太鼓のようにドドン、と響きわたった。ざわさわしていた教室がぴたりと静かになり、あちこちに散らばっていた生徒たちがあわてて着席した。

「おはようございます」「ございます」「まーす」

姿勢をぴっと正した三年A組の生徒たちが、少しずつずれて合唱した。

みんなの視線は先生と、入り口に張りついているぼくに交互に送られてくる。

どこを見ていいかわからないから、とりあえず先生を観察する。たぬきっぽい顔。ちょっとしわになったライトグレーのシャツに、ブルーグレーのネクタイをゆるく結んでいる。マリンブルーのスラックスに茶色のベルト、スウェードの茶色のスニーカー。どれも使いこんだものだけど、色のコーディネイトにこだわりを感じる。

「今日からこのクラスの担任になる石井健太です。どうぞよろしく。出席番号順にすわってますね？」

「はい。そこに書いてあったとおりにすわっています」

廊下側の最前列のポニーテールの子が、黒板に貼られた紙を指さして言った。

「ありがとう。さて、始業式も無事に終わって、みなさんは今日から晴れて三年生です。四クラスしかないから顔見知りも多いだろうけど、いちおう一人ひとりに簡単な自己紹介をしてもらいます。でもその前に、ちょっと編入生の紹介をしたいと思います」

ふり返った先生は「あれ、大木戸くん、そんな端っこにいないで、こっちへ来て」と、手招きをした。

言われたとおり黒板の前まで行くけど、注目されるのは苦手だ。泳いでいたぼくの視線は、少し先の床の上に落ち着いた。

「大木戸真くんは、神奈川県の逗子市からの編入生です。競争率十八倍の編入枠に、見事合格しました。今日からみんなの仲間です。たぶん最初はとまどうことも多いだろうから、いろいろ助けてあげてください」

競争率のことなんか言わないでほしかったと思いながら、頭を下げてあいさつをする。

「大木戸真です。よろしくお願いします」

最近声変わりをしたばかりで、声がうまく前に出ない。やけに低くて、自分の声じゃないみたいだ。

「じゃ、あそこの席にどうぞ」

石井先生は空いている席を指さした。ぼくはみんなの視線をピリピリと感じながら、急ぎ足で自分の席についた。廊下側の後ろから二番目だ。

すわったとたんに、後ろから背中を突っつかれた。

「よっ」

ふり向くと、明るい色の前髪をふさふさとさせた男子が、ニコニコしている。

「オレ、加藤俊くん。カトシュンって呼んで。加藤も俊もけっこういるからさ。よろしくね～」

アニメのお茶目な少年役みたいな、高めの声だ。

「あ、ども。よろしく」

とりあえず後ろの席の「カトシュン」は、感じが良さそうで、ほっとした。

「いいなぁ、逗子なんて避暑地じゃん。ここまで通ってんの？」

「まさか。品川区のじいちゃんちに引っ越してきたんだ」

「え、マジ？　なんだ、チョーがっかり。遊びに行こうと思ったのになぁ」

初対面からやけにストレートにものを言うから、苦笑した。

「はい、みんな、静かにしてください。じゃ、廊下側の前から順番に、自己紹介をお願いします。名前と、まあ好きなこととか、趣味くらいでいいですよ」

石井先生に言われて、みんなの自己紹介が始まった。最初はぼくの列の先頭の女子だ。

クラスメイトの顔と名前を覚えるために、ノートのページをめくって、横に五列、縦に六列の席順のマスを作り、それぞれの人の特徴を描いていく。下に名前。後ろから二番目の位置だと、ほとんどの人は横顔か斜め後ろの角度、あるいは髪の毛しか見えない。顔がまったく見えない場合は、後ろ姿の全身を描く。

すわり方には人それぞれクセが出る。足の置き方とか、体重のかけ方とか。向こうの男子は右に大きく傾いて、机に肘をついてすわっている。左利きかな。あっちの髪の長い子はすごく小柄なのに、イスの高さを調整していないから足が床についていない。だんだん太ももがしびれてくるはずだ。

手を動かしながらも、ぼくの意識はまたイスにいってしまう。

こういう可動式のイスにはすわったことがない。ちょっと座面が低いから、あとで調節しよう。前の学校のイスと微妙にちがって、このイスの背もたれはゆるく左右にカーブしている。おかげで、背骨が当たらなくてすむんだな。

ふいに名前を呼ばれ、ぼくはあわてて先生を見た。

「好きなことは？」と聞かれて、反射的に「イスです」と口から出てしまった。

後ろから、ククッという笑い声。

「え、イス？」

先生は一歩前に踏み出し、教室のあちこちでクスクス笑いが起きた。

ああ初日からうっかり変なことを言ってしまった。なんで「バスケ」とか、適当なことを言わなかったんだろう。耳が熱くなるのを感じる。

石井先生は大げさに目を見開いて、「イスって、四本脚の、今きみがすわっている、そのイスのこと？」と聞き返した。

まずい。「イス」に似た言葉でうまくごまかせないか？　イス、イスウ、異数、よけい変か。イス、いせ、伊勢？　異性？　変態みたいじゃないか。

しかたがない。

「……はい。イスならなんでも……というか、イスのデザインにとくに興味があります」

「ほう。イスのデザインか。でも、なぜ、イスなのかな？　机でもタンスでもなくて？」

と、しごくまっとうな質問を投げかけられて、「たぶん、イスに人の気配があるから……」

と、また反射的に答えてしまった。

「え？　気配？」

先生はさらに一歩前に進んで、ぼくをじっと見る。

つい、気配なんて言っちゃったけど、どう説明したらいいだろう。

「あー、その、なんて言うか、古いイスには何代にもわたってすわってきた人たちの気配があるっていうか……。新しいイスならこれからすわる人たちをイメージできるっていうか……。なんか、こう、人の気配を感じるので、とくに好きなんだと思います。イスが」

そう言い終わると、クスクス声の生ぬるさが充満していた教室の空気は、急に真冬の朝のようにピリッと張っていた。どうやら墓穴を掘ってしまったようだ……。みんなの冷たい視線を感じる。

ふいに、真後ろから「ひゃーっ」というカトシュンの声が響きわたった。

「『何代にもわたってすわってきた人たちの気配』だって！　こえーっ。こいつマジでヤバい！」

クラス中に笑いが起きた。カトシュンがぼくの低い声をまねて言ったものだから、よけいに受けたらしい。ぼくは、正直ほっとした。

先生も楽しそうに笑ってから、ノートになにやらメモをした。それぞれの生徒の特徴を書いているのだろう。ぼくのはさしずめ「イス好きの変人」だったりして。

「気配ねぇ。大木戸くんは個性的ですね。はい、じゃ次、やけに元気なきみ」

「はいっ」

カトシュンの声は響く。

「加藤俊、人呼んでカトシュンです！　好きなことはヴァーチャルリアリティのゲームです。将来はゲームソフトの会社を作って二十代で超大金持ちになりますんで、よろしくっ」

「いよっ、口から出まかせ男！」「カトシュン、オレ雇ってー」「オレもー」

数人が叫び、カトシュンは「おまかせーっ」と応えた。


なぜイスなのか。

スケッチをしながら、先生の問いを自分自身にしてみる。

イス職人だったじいちゃんの影響かもしれない。小さいころから、童話や神話でイスが出てくるたびに、ものすごく気になった。

大好きだったギリシャ神話に、怖いイスの話がある。テーセウスとペイリトオスが冥界で「忘却のイス」にすわらされ、いっさいを忘れて動けなくなってしまう。そこにヘラクレスがやってきてテーセウスをイスから引きはがそうとすると、彼の尻の肉が少しイスにはりついたまま残るが、なんとか助け出せた。次にペイリトオスを助けようとすると、大地が揺れ、結局助けられなかった。小学生のぼくは、古代壁画のような挿絵のイスを見つめながら、この話を何度も読み返したものだ。

　アフリカの大昔の民具で、板を二枚組み合わせたイスがある。はめこみ部分を外せばただの二枚の板になるシンプルで現代的なデザインを見たときは、かなり驚いた。古代エジプト展に行ったときは、もっとたまげた。三千年だか四千年だか前という気の遠くなるような時代に、すでにＸ構造の折りたたみイスがあったのだ。今の折りたたみイスのほとんどが、このＸ構造を使っている。

　大昔の石板や巻物を見て、感心はしても親近感はわかない。見慣れたペンやキーボードとはあまりにちがうからだ。ところが、いろんなものが進化していく中で、イスは何千年もの昔からほとんど変わっていない。たぶんこれからもそうだろう。ぼくたちの肉体がまったく別の形にならない限りは。

　親近感と同時に、イスには人の気配を感じる。古代エジプトの玉座を見れば、王冠をかぶったツタンカーメンを思い浮かべる。古びたロッキングチェアがあれば、すわってパイプでも吸っていたかもしれないおじいさんや、ネコを膝に乗せてうとうとしているおばあさんが見えてくる。真新しいベビーチェアを見れば、明日そこにすわるだろう赤ちゃんをイメージする。

ぼくがイスを好きな理由は、やはり「人の気配」を感じるからだと思う。


似顔絵マスの最後。窓際の一番後ろの席の女子が「趣味はえーっと、おしゃれです。将来はファッション関係の仕事につきたいです」と言ったとたん、また背中をつんつん突っつかれた。

「な、な、あの子かわいくね？　くー、ヤバい渡辺彩乃！　やっと同じクラスになれたぜ。おまえ、手出すなよ」

そう言われてよく見れば、たしかに夜明け前に起きてセットしてきたんじゃないかと思わせる完璧なヘアスタイルで、渡辺彩乃はまわりに営業スマイルをふりまいている。かわいいことはかわいいが、表裏がありそうで、ぼくの苦手なタイプに見える。

「うん、安心して」と、ひそひそ声で答えた。

「約束しろよ。おまえ強敵って感じだからなぁ。イスに誓うか？」

ぼくは吹き出しそうになりながら、うなずく。

「よっしゃ。ラッキー！　おっ」

カトシュンが、ぼくのノートに目をやった。

「なにそれ」

「あ、人の名前を覚えるのが苦手だから、似顔絵と名前を書きこんだだけ」

「チョイ見せてよ」

ノートを渡すと、カトシュンは「げっ」と小さく叫んだ。

「オレ、マジそっくり。おまえヤバい、絵メッチャうまいじゃん！」

カトシュンの人なつこさに少しとまどいながらも、ちょっとうれしかった。

自己紹介のあとは、クラス委員などを決める。意外なことに立候補する人がけっこういて、多数決で選ぶことになった。どうやらわざわざ立候補することはなさそうだ。

似顔絵の下に、委員名も書いていく。

全部書き終わると、またすわっているイスが気になりだした。

このイスの問題は……。

ぼくはいつものように分析（ぶんせき）を始める。どうやったら、この可動式の機能を維持（いじ）したままで、もっとすっきりしたデザインにできるんだろう。一見すると、学校によくある木の板を使ったイスだ。でも視線を落とすと、サイドにごつい脚（あし）がどんっとくっついているのが見える。上下スライド式のスチール製の二本脚は、あまりカッコいいデザインとは言えない。座面の高さを調節できるのはいいけど、もっとすっきりしたデザインにできないものかな。かといってふつうの四本脚のイスはシンプルで軽いけど、身長に合わせて高さを調節できない。

すわり心地（ここち）を取るか、デザイン性を取るか。

両方ってわけにはいかないのかな。

「どうですか大木戸（おおきど）くん」

突然（とつぜん）先生に名前を呼ばれて、ドキッとした。

「あ、すみません。話を聞いていませんでした」

「おやおや、初日からもうまわりになじんでるのかな？」

クスクス笑いが聞こえた。

2 イス男

中学三年の始業式に合わせて転校するなんて、最初はまったく気が進まなかった。逗子の中学は気に入っていたし、高校受験が終わってから引っ越そうと、オヤジも言った。海の見える逗子のマンションは、海好きのオヤジが一番気に入っていたんだから、引っ越したくなかったにちがいない。

しかし、かあさんは言いはった。一人暮らしになったじいちゃんを放っておくわけにはいかないと。いつもはオヤジの言う事になんでも従うかあさんだけど、一度言いだすと絶対に引かない。

実の息子であるオヤジはじいちゃんを嫌っているのに、かあさんは、なぜかじいちゃんと仲が良い。オヤジは、じいちゃんが死んだら、ばあちゃんといっしょに住もうと思っていたらしい。ところが順番が逆になってしまった。

リハビリでずいぶん回復したとはいえ、左半身が不自由なじいちゃんは、古い一軒家を一人で管理しきれなかった。かといって、逗子のマンションは部屋数が足りなくて、じいちゃんが同居するのも無理だった。

オヤジの勤務先は新橋だから近くなっていいけど、問題はぼくだった。高校受験を来年に控えている時期に転校なんて、不利に決まっている。しかも、たった一年のために。とはいっても、品川区と大田区の境界にあるじいちゃんちの最寄りの駅は、大井町線の北千束。逗子の中学まで通うとなると、電車やバスを乗り継いで、片道二時間近くかかる。

どうせなら、中高一貫校に編入っていう可能性はないか？　とネットで検索してみて、都内にいくつかの編入枠を見つけたとき、胸が躍った。もし編入できれば、高校受験の心配もなく、やりたいことに集中できる。

じいちゃんの家から楽勝で通えるこの学校の編入枠は一席のみだったから、ぼくは猛勉強をした。ここは、都立工科大学付属の中高一貫校で、後期（高等部）の成績が上位なら、そのまま大学へ推薦入学できる。工学部や理学部だけの大学だから、ほかの大学に行く生徒が多いらしいけれど、ぼくにとってはちょうどいい。都立工科大の工学部には、工業デザイン科があるんだから。

だから、宿題が多いくらいはがまんしよう。クラスで上位の成績を取っていれば、高校も大学も受験の心配をしないで、イスのデザインに集中できる。

「先生、先生、オレオレ、いやぼくに聞いてください！」

数学の時間にカトシュンが手をあげて騒ぎ、指されたとたん、スラスラと答えた。

先生にほめられてVサインを出す彼を見て、ちょっと意外に思った。先入観を持つのは良くないけど、てっきり勉強が嫌いなタイプなんだろうと思っていた。

授業が終わってすぐに「加藤くん、数学が得意なんだね」と話しかけると、カトシュンは誇らしげに胸を張って、親指を立てた。

「ちょっとカッコよかっただろっ？」

「うん。かなり」

カトシュンはニタッと笑ってから、窓際に目をやった。

「彩乃ちゃんがいるから、オレ、はりきっちゃったぜ。ま、得意なのは数学と科学だけなんだけどさ」

「理系なんだね」

「まあね。オレ勉強しないから、歴史とか暗記系はダメ。漢字とかサイアク。オレの成績表って5と2しかないし。ほんとは1のレベルだけど、お情けで2にしてくれてるらしいな。おまえはあれだろ、十八倍の競争率を勝ち抜いたぐらいだから、オール4とか、オール5とか、まんべんなくできちゃいますってやつだろ？」

「まさか」と答えたが、実際、前の中学の成績表には4と5しかなかった。

でも、5と2という極端なカトシュンが、うらやましい。得意科目は、勉強をしないでも5を取れるなんて、かっこよすぎる。自分の場合は、オヤジに怒られないように必死に努力した結果でしかない。

「あ、真、オレのこと加藤くんとか呼ぶなってば。カトシュンか俊って呼んでよ」

そう言うとカトシュンは立ち上がり、集まってきた数人の男子と話し始めた。

ふとぼくの耳に「イス男」という言葉が入ってきた。

まいったな。そんなあだ名が定着しちゃったらどうしよう。あんなこと言わなきゃよかった。今さら遅いけど。

この学校では、新学期三日目からもう給食があって、通常どおりの授業が始まる。しかも一時間目の英語の先生が、さっそく宿題をたんまりと出した。一貫校って、もっとのんびりしているかと思っていた。

給食の時間は、班に分かれて机を寄せる。カトシュンと同じ班だ。内心ほっとした。まともに口をきいたのは、まだ彼しかいない。

「真、なんか部活やんの？」

カトシュンは、給食のカレーライスを口いっぱいにほおばりながら聞いた。

「うーん……」

前はバスケットボール部だった。

でも今は、バスケットボールよりも、やりたいことがある。

「……たぶん、どこにも入らないと思う」

「ふーん。おまえも帰宅部か。オレも、一年からずっと帰宅部。運動部とかだるい。チームプレイ苦手だし、ブラバンとか合唱とかもウザいし、絵なんか描きたくないし。早く帰ってゲームしたいし、時間がもったいないよな」

あっという間にお代わりのカレーライスを平らげたカトシュンが、今度はサラダをほおばりながらしゃべるから、聞きとりにくい。

「うん、わかるな……」

近くに住んでるの？　と聞こうと思ったけど、タイミングを逃した。給食の時間は早くも終わり、カトシュンはすごい勢いでトレーをかたづけて、仲間と教室を出ていった。

「加藤くん、イスと机！」

学級委員長の飯島志乃が叫んだ。

「なんだ、どうした？」

数人の生徒と話していた先生がふり向いた。

ぼくはすかさず「いえ、なんでもないです」と言って、委員長には「ついでにやっとくよ」とささやいて立ち上がった。

ところが、委員長に「大木戸くん！」と、呼び止められた。

「そうやってまわりが甘やかすからダメなのよ。わたし、一年からずっと同じクラスだけど、加藤くんて、ぜんぜん成長していないんだから」

「……じゃ、とりあえず今日だけ」

自分とカトシュンの机とイスをかたづけ、みんながそれぞれ仲間と話しているのを見て、手持ちぶさたになった。

席でぼーっとしているのもなんだから、学校図書館に向かった。昼休みは四十分ある。

図書館に入ると、予想外の本の多さに圧倒された。前の中学とは比べものにならない量だ。工科大学の付属のせいか、とくに理系の本が充実しているようだ。

まっすぐに、技術・工学・デザイン関係のコーナーに行く。

目当てのデザイン関係の本は、建築分野に入るものもあれば、グラフィックやファッションデザインのとなりにあったり、離れた位置の工学分野のコーナーに入っていたりする。家具のデザインは、美術関係にも分類されるし、工学系でもあるし、建築内装の一部でもあったりで、いろんな分野にまたがっているからだ。

職人やアーティストが作った、この世にひとつしか存在しないイスは、工業製品じゃない。つまり「インダストリアルデザイン」には入らない。大量生産のイスならもちろん工業製品だけど、オーダーメイド式の少量生産となると、工業製品なのか工芸品なのか、区別がつきにくい。

そういう場合に便利な言葉が「プロダクトデザイン」だ。ぼくはこのあいまいな言葉が好きだ。これには、プロダクト＝製品、生産物がすべて入ってしまう。一点ものだろうが、大量生産品だろうが、すべてプロダクトだ。プロジェクトのような形のないものでさえ、プロダクトと呼ばれることがあるらしい。

美術関係の本棚(ほんだな)の端(はし)に『イスのデザインミュージアム』という厚ぼったい本を見つけて、思わず「おおっ」と声をもらした。

古代のイスから、芸術作品的な一点もの、職人による少量生産品、大量生産品にいたるまで、膨大(ぼうだい)な量のイスと名のつくものの写真が、ずらりと並んでいる。写真の下に製造年、メーカー名、デザイナー名などの情報が簡単に書かれてある。イスの百科事典とでもいうべきものかな。去年出版されたばかりだから、新しいイスもたくさん載(の)っている。じいちゃんがくれた本はどれも二、三十年前のものだから、ぼくにはうれしい限りだ。

これは絶対に借りなきゃとウキウキしながら裏表紙に目をやると、「貸出禁止」のシールが貼ってあった。

ちぇっ。しかたがない。ときどきここに来て見るしかないか。

その分厚い本をドスンとテーブルに載せて、ページをめくる。有名なイスが多いけど、後半になると、知らないイスもけっこうあった。

パラパラとめくっていて、有名なＬＣ４に目が留まった。一九二八年にル・コルビュジエほか二人がデザインした寝椅子だ。

昨日、たまたまある紳士服の店の前を通りかかったら、これがディスプレイとして置いてあった。今ではレプリカだらけの世の中なのに、なんとオリジナルと書いてあった。ほとんど骨董品。思わずガラスに鼻をくっつけて見とれていたら、手招きされた。お店のおじいさんが、試してもいいと言ってくれたのだ。

生まれて初めて見る本物のＬＣ４だった。汚さないように手をジーンズでふいて、そーっとすわった。一九二八年当時の熱い想いが、ぼくの尻の下にあった。ドキドキした。スマホで写真を撮ろうとしたけど、そういうときに限って電池切れ。メモ用紙はなし。

家に帰ってすぐに感想を書こうと思っていたのに、オヤジと言い争いになってしまって、すっかり忘れていた。

最近オヤジとはよくもめる。土日に家にいると顔を合わせてしまい、ろくなことがない。せっかく中高一貫校に編入できたというのに、通い始めて早々に、オヤジは文句を言いだした。エスカレーター式に上がれるからってだらだらしないで、高校はできれば最高レベルのところを狙えと。弟の力が病弱で、有名校どころかふつうの公立校へ通うのもやっとだから、プライドの高いオヤジの期待は、ぼくに集中しているらしい。

小さなため息が出た。

いや、そんなことより、LC4。昨日すわったとき感じたこと。

長さも幅も短めだし、腰の角度もやや不自然な気がした。デザインをしたル・コルビュジエとジャンヌレ、ペリアンの三人は、みんな小柄だったのだろうか。ぼくの身長は一七七センチ。中学生としては大きいほうかもしれないけれど、クラスにはもっとでかいやつもいる。欧米なら、ごくふつうなんじゃないか。ぼくでさえちょっと窮屈な感じがするんだから、オランダとか北欧の長身の男たちには、きついサイズだと思う。

さっそく持っていたノートにスケッチをして、気づいたことを書きこんでいく。

・体重が分散されるのは気持ちいい。
・座面と床の角度を変えて置くことができるのもすばらしい。
・写真で見たとおり、実物も美しい。
・リラックスするための寝椅子なのに、腕と手の置き場がなくて困った。
・腰から膝までの距離が固定されているから、脚の長さが合わない人は困るだろう。
・でもサイズ調整をできるデザインにすると、まちがいなくこの形がくずれてしまう。
・このカンペキな形じゃなかったら、歴史には残らなかっただろう。
・ようするに、デザイン重視で機能はあとまわし？
・機能と美を両方追求するのは無理？

「ふーん。かのLC4に、ケチをつけてるんだ」と、背後から声がした。
ふり向くと、髪の短い女の子が立っている。

「えっ、いや、ケチじゃなくて分析（ぶんせき）……」

「ふうん。分析ねえ。なんか、えらそーっ」

ムカッときた。

「だれだか知らないけど、よけいなお世話だと思うね。オレはただ自分のためにやってるだけなんだからさ」と、反撃（はんげき）した。

こんな子、ぼくのクラスにはいなかったはずだ。女子はみな制服のスカートをはいているのに、このなれなれしい子はスラックスだ。クラスにいたら覚えているはずだ。

「スラックスで悪かったわね」

視線を感じたのか、彼女（かのじょ）はそう言い放つと、すたすたと歩いていってしまった。

なんなんだ、あいつ！

大股（おおまた）で闊歩（かっぽ）していくスラックス女の後ろ姿をにらみつけた。ゆっくり歩いている小柄（こがら）な女子たちを、どんどん追い抜（ぬ）かしていく。まるでこれからリングに上がるプロレスラーのような歩き方だ。

そのとき、チャイムが鳴った。

本を元にもどしながら、さっきの子の言葉がよみがえってきた。

「かのＬＣ４」だって？

製品名は本文か写真の下の小さなキャプションだけだった。彼女のいた位置から読めたはずがない。

つまり、あいつはル・コルビュジエのＬＣ４を知っていたってことか。

何者だ？


「さっき、わりィ」

昼休みのあと、カトシュンがあやまってきた。

「うっかり机とイス、忘れちまった。委員長に怒られちゃいました。『加藤くんの分は、大木戸くんがやってくれたわよっ』ってさ」

「いいよ、べつに。だれだって忘れることぐらいあるよ」

「ナイスフォローっ」

カトシュンは親指を立てた。

「そうだ。ちょっと聞きたいんだけど、この学校の女子の制服って、スカートだけじゃないんだっけ？」

さりげなくあのスラックス女のことを聞いてみようと思った。何年生なのか。何者なのか。

「ああ、スラックスでもいいよ。でも、ふつうスカートでしょ」

だよな。うちのクラスにはとりあえずスラックスの女子はいない。

「さっき、スラックスをはいた中等部の女子を見かけたから、あれっと思ったんだけど」

「たぶん、そいつはB組の早川だな。女子はスカートでもスラックスでもどっちでもいいっていう規則だけど、ふつうスラックスはかないだろ。かわいくないし。だからそんなの早川だけ。スラックス早川とか、スラカワって呼ばれているやつ」

「ふーん」

四年生以上の高等部の生徒ならネクタイの色がちがうから、彼女は中等部にちがいないが、ひょっとすると後輩かもしれない。

「後輩にもいる？」

「ああ、最近はいるらしいな。早川に影響されたんじゃねえか。スラックス始めたのあいつらしいから。なになに、その子、かわいかったとか？」

「いや、それはない」

ぼくは力強く否定する。

「もし小柄だったんなら、後輩かな。大柄だったら、たぶん早川だ。Ｂ組で、背もけっこうオレくらいあって、筋肉なんかオレよりありそうなやつ」

「まわりの女子よりは、かなり大きかったかな」

「じゃ早川だ。髪も短いし、肩幅もしっかりしてっから、後ろから見るとまるで男。オレ、前、同じクラスだったんだけど、あいつ、服も変わってりゃ性格も変わってるぜ」

カトシュンは身長が一六七、八ってところだろうか。たぶんＬＣ４の女子もそのくらいだったような気がする。

「しかもさ、通学バッグって二種類あるじゃん、大と小」

自分の通学バッグと、となりの女子のを指さしながら、カトシュンは言う。

「まあ自由だけど、ふつう女子は小さいほうを持つよな。けど、あいつは大きいほうに、なんやかんや詰めた重そうなのを軽々と背負って、大股でがんがん歩く。たっくましいぜ、ほんと。よーく見りゃ顔は悪くねえけど、髪とかいつも寝ぐせつきショートだし、マジで容姿に構わないんだよな。ま、でも個性的っつーか、おもしろいやつだよ、スラカワは」

まちがいない。LC4の女子は、そのスラカワって呼ばれている子だろう。

おもしろいかどうかは知らないが、イスにくわしいのはたしかだ。

3 スラカワ

次の日の昼休みも、すぐに図書館に向かった。あの分厚い本を制覇しなければ。

ところが、行ってみると、本がない。貸出禁止のはずなのに、おかしい。

図書館の先生に聞いてみると、意外な答えが返ってきた。

「ああ、ここでは入荷してから三か月は貸出禁止なのよ。その本は、ちょうど今日から貸出解禁になったから、だれかが早速借りていったわ。この予約カードに記入して、二週間後にもどるまで待ってね」

だれかってだれだろう。

ふと、頭に昨日のスラックス女の顔が浮かんだ。スラカワというあだ名の彼女じゃないだろうか。先を越されたくやしさと、同じ趣味の人がこの学校にいるというれしさが、ちょうど半々くらいだ。とにかく二週間待つしかない。

なんとなく手持ちぶさただから、ＳＦコーナーをうろうろして、一冊借りて図書館を出る。下駄箱でスニーカーにはきかえると、校庭の端にずらっと並んでいるベンチをめざした。

天気が良くて、春風が気持ちいい。

ふと、手前のベンチにすわっているのが昨日のスラックス女だということに気づいた。

なにやら厚ぼったい本を広げている。前を通過しながら彼女が読んでいる本をちらっと見て、思わず「あっ！」と声が出た。

今日もスラックスをはいているスラカワは顔を上げて、「なに？」とぶっきらぼうに言った。

「『イスのデザインミュージアム』！」

「これ、べつにあなたの本じゃないでしょ」

言われたことはもっともだ。

「そりゃそうだけど」

がっかりして通り過ぎようとした。

「あっ！」と、彼女もぼくの持っている本を指さして言った。

「それ、『二〇〇一年宇宙の旅』！　映画は観たよ！」

面食らった。大昔の映画、そしてその本なのだ。

「こんな古い映画を観たのか。一九六八年のだぞ」

「そっちこそ」

「……たしかに」

ぼくたちは同時に笑いだした。

「すわる？」

うなずいて、となりにすわる。なぜか、まったく抵抗感がなかった。

「映画は観たけど、本は読んだことなくて。オレ、ＳＦが好きなんだ」

「あー、わたしも好き。ＳＦ映画って、建物やインテリアも楽しみのひとつだし」

おお、それはぼくも同じだ。

彼女は本をパラパラとめくって、真っ赤なイスのページを出した。

「『二〇〇一年宇宙の旅』のイス、これでしょ」

「そう、それ、宇宙ステーションに置かれていたイスだね。真っ白い空間に赤いこの奇妙なイスが並んでいるのを見たとき、すっごくインパクトがあったな」

「だよね。うちにＤＶＤあるから、何度も観ちゃった。ＳＦ映画やっぱ最強」

「『ガタカ』って観たことある？　二十年くらい前の映画だけど」

「あるある。めっちゃ好き。ＳＦ映画は、昔のも今のもひととおり全部観たよ。『ガタカ』って、建物とかインテリアとか、カッコいいよね」

「うん。あれのらせん階段、ＤＮＡの形なんだよね」

「あっ、そうなんだ！　言われてみれば、それっぽいね」

「あの階段の下にある、ミース・ファン・デル・ローエがデザインしたアームチェアもいいよね」

「有名なやつでしょ。ここに載ってるよ」と言いながら、スラカワはページをパラパラとめくっていたけど、途中で手を止めた。

「あ、これ、なんかの映画に出てくる、とんでもないやつ！」

モニターやサウンドシステムのついた、イスというか、もはやワークステーションというべきものだ。

「映画はわたしの好みじゃなかったけど、このイス、なんじゃ?! と思ったよ！」

「それ、たしか恐ろしい値段だけど、買う人がいるところがすごいよな。歯医者のイスと屋根つき宅配バイクを合わせて二で割って、未来的にした感じ」

「言えてる！」

こんなに話が合うことって、めったにない。このまま永遠に話していたいくらいだ。

「そう言えばさ……」

なぜイスのことをよく知っているのか聞こうと思ったが、言葉をさえぎられた。

「自己紹介してなかったね。わたし三年B組、早川梨々。きみ、A組の編入生の大木戸真くんでしょ」

早川梨々は、本のページをめくりながら言った。

「えっ、そうだけど、なんで知ってるの？」

「なんでかって言うとさ」

彼女はちらっとぼくを見てから、また視線をページに落とした。ぼくはそのページが気になりだした。見たことのないイスが載っている。斬新といえば斬新なデザインだけど、いかにもすわり心地が悪そうだ。

「うちのクラスの女子がウワサしてるからね。編入生なんて、年に一人いるかいないかだし、変なあだ名も聞いたし」

彼女は視線を上げた。

「そのあだ名って、もしかして、『イス男』？」

早川はすぐにクスクス笑いだした。

「やっぱりそうか。でも、そっちだって、負けてないんじゃない？　ＬＣ４って、昨日言ってたし」

「だってうち、イス屋さんだもん」と、彼女はさらっと言った。

「えっ、イス屋さん？　イス専門のショップ？」

「うーん、なんていうのか、もともと、うちのおじいちゃんはモデラーなんだ。デザイナーの設計図面を形にする人。今は原寸模型作りだけじゃなくて、オリジナルの製品も作って売ったり、外国のメーカーのイスを輸入販売したり、いろいろやってるけど」

心臓がドクン、と脈打った気がした。

「なんていう会社？」

「セーディア。イタリア語でイスっていう意味なんだ。おじいちゃん、若いころにイタリアとデンマークで修業(しゅぎょう)したんだって。あれ、もしかして、知ってる？」

セーディア社。何度も耳にした名前。じいちゃんの昔の宿敵のはずだ。

品川区(しながわく)に会社があるのは知っていたけど、まさか、そこの孫がオレと同じ学校なんて。

こういうのって宿命？　因縁(いんねん)？　怨念(おんねん)か？

じいちゃん、聞いたら燃えるだろうな。

「うん……名前くらいは知ってるよ。イス業界で有名だろ」

「まあね。で、大木戸(おおきど)くんはなんでイスが好きなわけ？」

じいちゃんのことを言おうかどうか、迷った。べつにセーディア社に対抗(たいこう)意識を持っているわけじゃない。じいちゃんのことを言いたくないわけでもない。でも、どうせ相手は知らないだろうし、今は話したくないと思った。

「わかんないけど、好きなんだ。それよりさ、そのイス、変わってるね」と、話をはぐらかせながら、開かれていたページのイスを指さした。

「あ、これね、ひどいイスだなあと、わたしは思うけどね」

相手が同じような印象を受けていたことを知って、ちょっとうれしくなった。

「うん。なんか鋭角(えいかく)だらけで前衛的っていうか、おもしろいとは思うけど、五分とすわっていられないいんじゃないかな。安定感悪くてすぐコケそうだし」

「そうそうそう！」

早川(はやかわ)がうれしそうに笑った。

「わたしもそう思ってたんだ。今人気のデザイナーらしいけど、製品化する前に原寸模型(モックアップ)とか試作品(プロトタイプ)とか作らないのかなあ。すわってみりゃすぐわかるじゃん。このあたり、ありえないでしょ」

彼女(かのじょ)が指さしているのは、イスの脚(あし)が床(ゆか)につく接地点。たしかに、デザイン性を重視して、安定性は無視しているようだ。

「ま、すべてのイスが絶対にすわり心地(ごこち)や安定性が良くなきゃいけないってことは、ないんだろうけどね」

「えっ？」

早川は身を乗り出した。

「なにそれ。イスって、すわるためのものでしょ？」

「そうだけど、ブランドイメージを上げるためだけのものもあるだろうし、歯医者さんのイスみたいな特殊な機能重視っていうのもある。あれだって、ふつうのすわり心地で言えばあまり良くないだろ。駅前のコーヒーチェーン店のイスだって、長くはすわっていられない。長居できないように、わざとそうなってるんだってさ。電気椅子だっていちおうイスだしね」

「やだ、いやな例を出さないでよ」

眉間にぎゅっとしわを寄せて、早川は抗議した。

「あ、ごめん、まあ極端な例だけど。とにかく、いろいろあっていいんじゃない？　オレとしては長い時間すわり心地が良くないといやだけど」

早川は、「ふーん。いろいろあっていい、ね」と、ブツブツくり返してから、きっぱりと言った。「でも、わたし、やっぱりすわったら倒れそうなこんなイス、いらないや。ついでに言うと、デザインも嫌い」

「デザインは、人それぞれ好みがあるからなぁ」

「じゃ大木戸くんは、このイスのデザイン好き？」

返答に困った。好きか嫌いかで言えば、たぶんあまり好きじゃない。

「やっぱり、嫌いなんじゃん」

早川は勝手に決めつけた。

「いや、うーんと……うん。……嫌いかも」

ぼくたちは同時にぷっと吹きだした。なんだか今日は、よく笑う。

チャイムが鳴った。昼休みは終わりだ。

4 女子にスラックス、男子にスカート

話の成り行きでいっしょに下校することになったぼくたちは、放課後、校門で待ち合わせをした。

女の子といっしょに下校したことなんてないけど、早川だと、なぜか緊張しない。イスやSFの話で気が合うだけでなく、相手がボーイッシュで、スラックスをはいているというのも影響しているかもしれない。まるで男同士のように、ごく自然に接することができるからふしぎだ。

「大木戸くんの家、北千束の駅から五分なんだ。いいなあ。うちは戸越銀座駅から十五分以上歩くんだ。学校も駅からけっこうあるから、ドアツードアで四十五分はかかるよ。自転車なら三十分かからないはずだけど」

大股で歩きながら、早川は通学バッグをぶるんぶるんふり回した。すごい腕力だ。

「オレも自転車にしたいけど、高等部になるまで自転車通学は禁止なんだろ？」

「うん。でもわたしは来年も親がダメだって言うんだ。あぶないから」

「ふーん。オレは自転車にしたいな。自転車のほうが気分がいいから」

「だよね」

ふと見ると、路上でクラスメイトたちが立ち止まって騒いでいた。カトシュンもいる。

なんとなくいやな予感がしたけど、通りぎわに、手をあげてあいさつをした。

「お、また明日な」と手をふり返したカトシュンが、すぐあとで仲間と言い合うのが聞こえた。「やるねえ、編入そうそう」「けど相手がスラカワじゃな」笑い声。

ふり返りたくなるのをがまんして、横を歩く早川をちらっと見る。

聞こえたはずだけど、知らん顔をしている。

「あのさ、聞いてもいいかな」

「ん？　あ、スラックスのことでしょ」

勘が鋭い。

「だって校則にはさ、女子はどっちでもいいって書いてあるんだよ。だからセクハラされないように、スラックスにしたんだ。冬も寒くないし、駅の階段も思いっきりかけあがれるし。そしたら、学校でわたししかいないんだもん。ま、べつにいいけど」

「ふうん……」

無謀(むぼう)というか、と言おうとして、やめた。

「個性」は、いじめの対象になりやすい。だからぼくは当たりさわりのない恰好(かっこう)をして、友だちが聴(き)きたがる流行(はや)りの音楽をいっしょに楽しむフリをして、流行りの映画を観(み)る。ネットで映画のレビューだけ読んで、適当に話を合わせることだってあった。そんな自分がつくづく情けないけど、同じ趣味(しゅみ)の人なんか見つからなかったから。

内心、みんなと同じがいいなんて思っていない。本当に共感できれば一番いいけど、自分を殺してまで同じでいたくはない。大量生産品じゃあるまいし、全員がひとつの色に染まるなんて最悪だ。もしかすると、みんなも「自分は本当はちがうんだけど」なんて思っているのかもしれない。ただ、ふつうは孤立(こりつ)する勇気がないから、適当にフリをする。

だから、彼女(かのじょ)はすごいと思う。

「勇気があるね」と、言葉を変えた。

「自分の権利を、ふつーに行使しただけだよ。でもね、わたしを見て勇気が出たのか、後輩の女子には何人かいるらしいよ。とくに風のある日とか寒い日には、スラックスをはく子がちらほらと」

「へえ。でも、からかわれたりしない？」

「一年のころはあったよ。相手にしないでいたら、さすがにもうだれも言わなくなった。スラックス早川ってあだ名が定着しちゃっただけ。略して、スラカワ。自分では勝手にスラッとしててカワイイって解釈することにしてる」

まじめな顔で言うから、思わず笑った。

「笑うな。こら」

「あ、ごめん。べつに否定してるわけじゃないんだ」

あわててフォローしたけど、早川は手をひらひらと左右にふった。

「べつにいいよ。だいたいさ、くだらないじゃん。男らしいとか女らしいとか。ほんとはさ、男子だってスカートＯＫにすればいいのに」

ぎょっとして早川を見た。

「いくらなんでも、それはないだろ」

「なんで？　スコットランドなんか、男の人がスカートはくじゃん」

「えっ、ああ、それはそうかもしれないけど」

どこまで自由な考え方をするのかと、ぼくは感心していた。

「おもしろいこと言うよな。早川って」

「そうかなあ。あ、そうだ。早川じゃなくて、梨々って呼んでよ。短くて呼びやすいでしょ。わたしも大木戸くんじゃなくて、真くんって呼んでいいかな？　大木戸って、長くてめんどくさい」

ぼくはとりあえずうなずいた。女の子を、名前で呼んだことなんかないから、ちょっと緊張する。でもたしかに、ハヤカワよりリリのほうが呼びやすいし、オオキドよりシンのほうが短い。

「べつに『くん』つけなくてもいいよ」と言ったら、さっそく梨々は「でね、真」と、話を続けた。

「わたしさ、女だからとか、女のくせにとか言われるの、大嫌いなの。セーディア社で、将来はモデラーになりたいんだよね。でもおじいちゃんが反対なんだ。女だから無理だって。ひどくない？」

「女だから無理、か」

モデラーの仕事がそんなに力仕事だとは、思えないけど。

「なんで無理なのかな？」

「それがさぁ……」

ため息まじりに梨々が言う。

「モデラーってさ、設計から木工、鉄工、布張りまで全部マスターしなきゃならないんだけど、セーディア社って、設計と木工、鉄工専門の職人は全員男なんだよね。で、布張り職人は全員女なんだ。木工や鉄工部門はけっこう力仕事だからっていうのが理由らしいけど、今どきそんなのおかしくない？　わたし、背もでかいし、体も鍛えてるしさ！」

ぼくはちらっと梨々を見る。

「体、鍛えてるんだ？」

「そりゃそうだよ。力がないからとか言われたくない。男に負けたくないもん。ほら」

梨々は肩に下げていた大きな通学バッグを片手で持つと、腕をぴんと前に伸ばした。オレでもけっこうきついはずだ。

「すごいな」とほめると、梨々は「へへっ」なんて笑った。

「でしょ？　腹筋や腕立て、毎日百回ずつやってるんだから」

「百回か！」

すごい根性だな。でも梨々の気持ちがよくわかる。ぼくも毎朝早く起きて、三十分ジョギングをしている。前の中学のバスケット部でやらされていたんだけど、今でも欠かさない。体力をつけ、筋力もつけ、でかくなりたい。体も声も大きいオヤジを、怖いと思わない自分になりたい。

「だいたいさ、うちの木工職人には、わたしより小柄な男の人もいるんだよ」

「ふうん。で、モデラーさんは？」

「モデラーは創業者のおじいちゃんと、アシスタントの中肉中背のおじさん。おじいちゃんは、たしかに大柄だけどさ。おとうさんは一人息子で、手を動かすのが苦手だから経営担当。おかあさんは経理担当。お兄ちゃんは海洋研究で琉球(りゅうきゅう)大学に行ったんだけど、そのまま移住するんだって。だから将来はわたしが会社を継(つ)ぐらしい」

「じゃあ、いいじゃんか」

「ちがうの。経営やれ、モデラーは雇(やと)えばいいって言うんだよ。変でしょ、そんなの。おじいちゃんだって、昔はモデラーと経営と両方やってたくせにさ」

梨々の話は、べつの意味でうちと似ていると思った。

「うちもそうだよ。オレの将来、勝手にオヤジが決めちゃってるみたい」

「同じ、同じ！」

信号待ちで立ち止まる。

「わたしさ、おとうさんがうるさくて、私立聖イリス学園の小学校を受験したけど、失敗したんだよね。中学でも再トライして、また失敗。それで今の学校に入ったんだよ。でも高校で受けなおせとか、大学はせめてとか、いまだにしつこいんだよね。そんなの、ただの親の見栄(みえ)でしょっての」

本当にうちと似ている。オヤジは自分が入りたかったK大付属に固執(こしつ)するし、梨々の親は私立聖イリス学園に固執しているらしい。すごく有名なお嬢様学校だ。

「でも、聖イリス学園より今の学校のほうが、偏差値は高いんじゃないか？」

「うん。ペーパーテストはオーケーだったんだよ。でも二回とも面接で落ちたんだ。まあ、自分で言うのもなんだけど、どう見ても、あのおじょーさま学校には似合わないもんねえ」

梨々はアハハッと、朗らかに笑った。

そういえば彼女のショートヘアはぼさぼさだし、スラックスをはいて大股で歩くし、お嬢様というイメージからほど遠い。

「でもさ、わたし落ちて幸いだったんだ。何年もずっとおじょーさまたちと過ごすなんて、絶対ムリ。制服はセーラー服だけだしさ。それに、おとうさんがなに勘ちがいしてんのか知らないけど、わたしみたいな子がそんなところ入ったって、肩身がせまいだけだっての。どーしてわかんないのかなぁ」

信号が青になり、女子の集団が小走りでぼくたちを追い抜きながら「バイバイ、梨々」と声をかけてきた。

梨々は笑顔で手をふる。Ｂ組のクラスメイトなんだろう。彼女たちは何度もふり向いて、クスクス笑いながらぼくをじろじろ見た。

「あー、うちのクラスの女子、遠慮がないよねぇ。変人扱いされてるわたしといっしょに下校するなんて、あんまりいいアイディアじゃなかったかもね」

「いいよ、べつに。変人ならオレ、負けてないし、あいつらがじろじろ見たのは、梨々じゃなくてオレだろ。編入したイス男への好奇心なんて、どうせすぐ終わるさ」

梨々はうれしそうにうなずいた。

「イスの話ができる同い年の子なんて、そうそういないもんね！」

「うん、そう。それなんだよ、それ」

ぼくは何度もうなずいた。ふつういないだろう、同い年どころか、先輩や後輩を集めたところで、イスに興味のあるヤツなんかいるか？　これはすごくラッキーなことだ。だれかにからかわれようと、関係あるもんか。

「オレさ、じつは」

改札を通りながら、自分の今の目標のことを話そうと思った。

オヤジには反対されるだろうから、家族にはまだ話していない。梨々になら、相談してもいいような気がした。

「イスのデザインのコンペに挑戦してみようかと思ってるんだ」

ホームに入ってくる電車のブレーキ音にかき消されそうな声で、ぼくは言った。

自分でも、中学生の分際でコンペかよ、とは思う。でも、まず一歩を踏み出してみたい。

「え」

梨々がぼくのそでを引っぱった。

「もしかして、イスメーカー三社が合同で毎年やってる『全国学生チェアデザインコンペ』？」

「お、やっぱり知ってたか！」

中学生であのコンペのことを知っているやつがいるなんて、思ってもみなかった。

「そりゃ知ってるよ！　エントリー登録は今月中で、作品提出は七月だよね。でもさ、あれって……」

電車に乗りながら、梨々は興奮気味に続ける。

「たしかに資格は中学生以上だけど、中学生が参加したなんて聞いたことないよ。参加してるのって、大学の工学部の工業デザイン科か、美大のデザイン科の生徒ばっかでしょ。たまに工業高校の生徒も参加してるけど。すっごくレベル高いらしいよ」

「うん。わかってる」

「すごい。志が高いね、真（しん）って」

じつはまだ半分迷っているんだけど、なんだか今すぐ決めたくなってきた。

「無謀（むぼう）なのはわかってるけど、挑戦してみたいんだ。ずっと考えているイスのアイディアがいくつかあってさ。ただ、図面やスケッチだけじゃだめなんだよね。小さい模型（モデル）なら作ったことあるけど、原寸模型（モックアップ）なんてなぁ」

コンペの審査（しんさ）には、モックアップモデルとかモックアップと言われる、実物大の模型（モデル）を作って提出しなければならない。

絵を描（か）くのも、小さな模型（モデル）を作るのも得意だけど、さすがに原寸模型（モックアップ）は作ったことがない。じいちゃんは左半身が不自由だから、手伝ってもらうのは無理だし。

「あ、そうだ！」

梨々が両手をポン、と打った。

「わたしがモデラーやる。チームを組もう」

ぼくは梨々をまじまじと見つめた。

そうか、梨々はモデラーになるのが夢なんだ。

でも、大丈夫なんだろうか、技術レベルのほうは？

「もしかして、わたしの腕を疑っているでしょ」

「え、いや、その」

「そりゃね、まだまだ半人前だよ。でもさ、いちおう、基礎はできてると思うんだ。毎年夏休みは研修生やらせてもらってるしね。一人でイスの原寸模型を作ったこともあるよ。ちゃんと座部のクッションや布張りもしたよ。大丈夫。まかせといてよ。少なくとも、真よりはずっと経験豊富だと思うしさ」

「そりゃそうだ。わかった。いっしょにやろう！」

視界がぱっと開けたような気がした。

電車はぼくが降りる駅のプラットフォームに近づいていく。

「オレんち、ここなんだ。時間があるなら、うちに寄ってく？　いちおうイスの本はたくさんあるし、スケッチも見せたいから」

と、大胆に聞いてみた。友だちを作るのに時間がかかるくせに、なぜか梨々には遠慮なく言える。すぐにプロジェクトの相談をしたい。

「うん。どうせ帰り道だし、寄らせてもらう！」

「あ、ちなみにうちって築四十年で、改装はしてあるけどせまいよ」と断っておくと、
梨々は笑った。

「そういうの、見てみたい」

ぼくたちは電車を降りると、走って家に向かった。

5 伝説のモデラー

「おじゃまします」

玄関で梨々はていねいに頭を下げた。

かあさんは、こっちが恥ずかしくなるほどおおげさに驚いた。

「あーら、まあ、ようこそ！　真が家に女の子を連れてくるなんて、明日大雨かも！」

「べつにそういうんじゃないから」

そういうのってどういうんだ？　自分で言ってからあせった。

「はじめまして。三年B組の早川梨々と申します」

いつものややや横柄な態度から一転、突然トーンの高い声で育ちのいいお嬢様ふうのあいさつをした梨々を、ぼくはうさんくさそうに見た。

かあさんがお菓子とジュースを用意しようとしたから、ぼくは自分でやると言った。この時間はとくに、かあさんはいそがしい。いっぺんにいろんなことをやると、なにかを忘れてヒステリーを起こすから困る。

オヤジとちがってかあさんは怖くはないけど、めんどくさい。だからじいちゃんのことにしても、なるべくぼくが手伝うようにしている。

もっとも、じいちゃんをあまり手伝いすぎるのはダメらしい。せっかく、亡くなったばあちゃんがリハビリをがんばらせたおかげで少しずつ歩けるようになったのに、あまりなんでもやってあげると、あっという間に後退するという。そのさじかげんがむずかしい。

ぼくは、一階の奥にある自分の部屋から、スケッチブックや本をせっせと茶の間に運んだ。梨々を自分の部屋に通したほうが早いんだけど、いったんじいちゃんの部屋を横切らないといけない。それに、なにか「そういうの」を想像しているかもしれないかあさんの手前、梨々をぼくの部屋に連れていきたくないのだ。

一階の茶の間のとなりがじいちゃんの部屋、その奥がぼくの部屋になっている。本当は廊下から直接出入りする引き戸があるんだけど、そこに大きな本棚を置いてしまったため、今はじいちゃんの部屋からしか出入りできない。でも、じいちゃんのいびきが聞こえてくる以外は、明るくて居心地のいい板の間だ。

この古い家は、じいちゃんが住んでいる状態で改装をしたため、キッチンやトイレ、バスルームなどの水まわり以外は、ほとんど手を入れていない。マンションに比べると、すきま風が入ってきてなんとなくいつも肌寒いし、ゴミ捨てはめんどうだし、前の細い道を軽トラが通過するだけで、ガタガタと家が揺れる。それでも、小さな庭があるし、自分の部屋ができたから、ぼくは気に入っている。

じいちゃんは左足と左手が不自由なため、和室にベッドと肘掛けイスと小さなテレビを置いて、ほとんどそこから動かない。じいちゃん以外の家族は朝食をキッチンで食べるけど、じいちゃんは、昔自分が作ったスツールに数分もすわっていられない。もちろんそれは、とてもすわり心地のいいスツールなんだけど。

夕食はいつも茶の間で食べるけど、そのときもじいちゃんは、となりの自室のアームチェアにすわったままだ。畳にすわるのはきついし、一度すわるともう立てなくなるからだ。

「すごーい。畳に床の間だ！」

梨々は、茶の間の小さな床の間に見とれている。

「うちは鉄筋コンクリートで、全部フローリングなんだ。いいなあ、こういう和テイストの家って」

「台風が来たら吹き飛ばされそうなぼろ家だけど、オレたちもけっこう気に入ってるんだ。この土壁も」

ぼくは土壁にそっと手をそえる。ざらざらとして、少しひんやりしている。オシャレな洋館にもあこがれるけど、じいちゃんいわく「湿度を吸ったり吐いたりしている土壁」って、日本の気候に合っていると思う。床の間だって、ほかがどんなに散らかっていても、そこだけはすっきりした特別の空間になっていて、ちょっと神聖な感じがする。こういうのは、前のマンションでは味わえなかったことだ。

梨々も土壁をさわった。

「へぇ、これが土壁か。初めて見た気がする」

そのとき、リモコンを手にしたまま居眠りをしていたじいちゃんが、急に「お」と言った。

じいちゃんの部屋と茶の間のしきりの障子はいつも開けっ放しになっている。じいちゃんは自分用の小さなテレビではなく、茶の間の大きなテレビを観るのが好きなのだ。

「さすがにわが孫だ。さっそくガールフレンドを作ったか」

と、じいちゃんにからかわれたとき、ぼくと梨々は同時に「ちがうよ！」「ちがいます！」ときっぱり言った。

「おいおい、そんなにムキになるこたぁ、ねえだろ。いよいよもってあやしいな」

じいちゃんのニヤニヤ笑いは、口元がゆがんで意地悪っぽく見える。

「ごあいさつが遅れましてすみません。真くんと同学年の早川梨々と申します」

またしても声色を変えてあいさつをした梨々を、ぼくはあきれ顔で見た。

ふだんはがさつなくせに、いざとなると豹変する。かくれお嬢様なのかもしれない。

「こりゃまた、ずいぶんりっぱなあいさつだねぇ。真とつりあわねぇな」

じいちゃんはヒヒヒ、とうれしそうに笑った。

買い物用の布バッグを手にしたかあさんが、茶の間とキッチンのあいだの廊下をちょこちょこと歩く。小柄なかあさんは、まるでリスのように動きがすばしこい。

「あら、おじいちゃんたら、かわいいお客さんをからかわないでくださいよ。早川さん、どうぞゆっくりしていってくださいね。じゃあ、真、おじいちゃんをよろしくね。力を迎えに行って、買い物してくるわ。あら、もうこんな時間」

かあさんは早口でそう言うと、あわてて出かけた。心配性のかあさんは、毎日車で力の送り迎えをしている。力は体が弱いうえに、幼稚園時代からいじめられることが多かったから、登下校が心配なのだろう。

とくに火曜と木曜は勉強が遅れている生徒の補習授業があって、学校を休みがちな力はたいてい残される。補習授業が終わった力に、かあさんは「がんばったね」と言ってファミレスでほうびのケーキやパフェを食べさせるらしい。力はそれを自慢げにぼくに話すけど、内心胸くそが悪くなる。補習授業を受けるのなんて、あたりまえのことだろう。なんでいちいちほうびをもらうんだ？

ただ、それは力が悪いんじゃない。かあさんが悪いんだ。

「へえ、弟さんがいるんだ？」

と梨々に聞かれて、「まあね」とぶっきらぼうに答えてしまった。

「いいな。わたしも弟か妹がほしかったな」と言う梨々に、ぼくはなにも言わないでおいた。「弟にもよる」なんて、言えるはずがない。

茶の間のテレビをつけようとしたじいちゃんに、ぼくは梨々をきちんと紹介することにした。

「じいちゃん、早川さんってじつはさ……」と言葉をそこで切って、ちらっと梨々を見た。

彼女はきょとんとした顔をしている。

どうせいつかはバレるんだから、最初から言っておいたほうがいいだろう。

じいちゃんはリモコンを押しながら「ん？」とぼくを見た。

「彼女のおじいさんは、セーディア社の早川宗二朗さんなんだって」

じいちゃんは右手でリモコンをテレビに向けたまま、かたまっている。そりゃそうだよな。血圧が上がらないといいけれど。

「じいちゃん、聞こえた？」

「……」

「おじいさん、祖父をご存知なんですか？」

じいちゃんは眉間にちょっとだけしわを寄せたが、すぐにすました顔で「ん、まあね」と言った。もっと気分を害するだろうと心配していたから、拍子抜けした。

「へえ。あんた、あの早川さんのお孫さんかい。なるほどねえ……。そういうことか」

じいちゃんは意味深な微笑みを浮かべて、ぼくをちらっと見た。

「そういうことって……。いや、べつに企んだわけじゃないよ。偶然知り合ったんだ。けど、ちょうどいい機会だから、いっしょにデザインコンペに参加してみようかと思ってさ。オヤジには内緒だけど」

「ふうん。あれか。学生向けのやつか」

「うん」

ぼくは小さいころ、何度も足を運んだこの家で、よくじいちゃんのイス作りの話を聞いた。オヤジはあまり来たがらなかったから、たいていかあさんと弟と三人で来ていた。かあさんも弟もまったく興味を示さなかったけど、ぼくはじいちゃんの話がおもしろくてしかたがなかった。イスのスケッチを見せて相談したら、デザイナーの素質があると言われたこともあった。じいちゃんは、イスの本や五分の一模型（モデル）なんかをぼくにゆずってくれた。

「ま、何事もトライだ。やってみな。けど、あれはいくらデザインが良くても、原寸模型（モックアップ）の仕上がりがよくないと入賞せんぞ。模型（モデル）ってぇいうよりは、製品化直前の試作品（プロトタイプ）みたいな精巧（せいこう）なレベルを出す学生もいるからな。審査（しんさ）のときには、実際に審査員が一人ひとりすわるしな」

その言葉を聞いて、梨々（りり）は「えっ」と言った。「コンペのこと、ずいぶんおくわしいですね！」

じいちゃんは少し照れくさそうな、少し誇（ほこ）らしげな表情をした。

「ああ、いや、じつはね、オレもさ、イスをやってたんだよ」

「ええっ？　そうなんですか？」

梨々はぼくをじろっと見る。そんなこと聞いてないよ、と抗議（こうぎ）するような目だ。

「昔はオレもイスのモデラーだったんでね」

右手にリモコンを持っていることを忘れたのか、じいちゃんはリモコンごと頭をかいた。

照れたり、言いにくいことがあると、頭をごしごしかくクセがあるのだ。

「おっと。年は取りたくないねえ」

じいちゃんはリモコンをぽいっと放り出して、目を細めた。

「あんたのじいさんとはちがって、ちっさなちっさな工房(こうぼう)を持ってたんだよ」

「えー、そうなんですか！」

「うん。まあ、ここから自転車でちょいと行ったところにねえ。昔はさ、その辺(あた)りに、けっこう家具の工場やら工房があったんだよ」

「はい」

梨々はあいづちを打つタイミングを心得ている。

「大昔、羽田(はねだ)に飛行場ができる前、米軍の基地があってね、その人たちが使う家具とかを作る業者がいたのさ。オレのオヤジもさ、そういう家具を作ってたんだ。細々(ほそぼそ)とね」

「はい。このあたりの家具産業のことは、聞いたことがあります」

梨々のじいちゃんも似たような経緯(けいい)だったのかもしれない。

「そいでオレは工房を継(つ)いだけど、家具をあれこれやるのをよして、イスだけにしぼったんだ。それが幸いしてね、けっこう繁盛(はんじょう)したんだよ」

「そうですか……」

「ま、そのうち不況になって、仕事はどんどん減ったけどね。職人も一人、二人とやめていって、最後にはオレ一人でやってたんだよ。でも脳溢血やっちまってね、左側がやられちまって、しかたがねえから工房をたたんだんだよ。リハビリのおかげで、今はだれかにつかまったりすりゃ、亀みたいにノロノロ歩けるようになったけどさ」

じいちゃんはリモコンのない右手で、また頭をごしごしっとやる。

「あ、あの、その工房って……なんて名前だったんですか？」

「ん、いやあ、あんたが知ってるわきゃぁないさ。大木戸の『戸』をとっぱらってね、だってほら、ドアの製作所とまちがわれっと困るからね、『大木製作所』ってんだけどね」

梨々は「あ！」と叫んだ。「なんだ。そうだったのか！　大木戸くんと大木製作所は、結びつかなかった！」

驚いたのはじいちゃんだけではない。

「なんで知ってるの？」

ぼくはびっくりして梨々の目をのぞきこんだ。

「え、だって、おじいちゃんからさんざん聞かされたもん。おじいちゃんの海外修業武勇伝、セーディア社の歴史、苦労話、そしてすっごいライバル『大木製作所』の話」

「ライバルぅ？」

体を前のめりにしたじいちゃんが、アームチェアから転げ落ちそうになった。ぼくはあわてて手を伸ばして、じいちゃんの体を支えた。

「はい。品川区には昔いくつかイス専門の製作所があったけど、最後まで残ったのはセーディア社と大木製作所だけだったって。大木製作所って、小さいけど、とんでもなく腕のいいモデラーがいたって言ってました」

じいちゃんが、いつもはしょぼしょぼしている目を思いっきり見開いた。

「ほんとかい？」

「はい。たしか、有名建築家による和風ホテルや旅館、高級割烹などの設計に合わせた少量生産のイスを手がけたって聞いています。原寸模型から少量生産のイスまで作るところは、セーディア社と同じだったたって」

じいちゃんは口をだらしなく開けている。よほどびっくりしているのだろう。また脳溢血でも起こしやしないかと、心配になってきた。

「大木製作所は、セレクトした木材を使った高級な和風のイスを作っていて、すごくいいライバルだったって、何度も聞かされましたから、わたし」

じいちゃんを見る梨々の視線が、尊敬のまなざしになっている。

「いや、そいつは言い過ぎってやつよ。だいたい、セーディアとは規模がちがったからね。まあほら、それに、セーディアは洋風でモダンなイスが多かったよな。しかしあれから、どんどん大きくなっちまって、すごいねえ」

さっきのほうけた表情から急にきりっとした顔つきになって話すじいちゃんを見て、ぼくはほっとした。

「うちはね、昔はそりゃあもう、たくさん仕事をしたけど、その後、高級木材の和テイストのイスを置く店はどんどん減っちまってねぇ。カジュアルなホテルやレストランが増えてさ、安い輸入家具や大手チェーン店のイスが飛ぶように売れて、日本の小さいイス屋はいくつもつぶれたんだよ。セーディアはよく生き残ったねえ。まだ現役でやってるのかい、早川さんは？」

「はい。もう七十五歳なんですけど、まだあと二、三年はやるって言ってます」

「へえ。すごいもんだ。しかし、なんだねぇ、まさかあの人が、そんなふうに評価してくれてたなんてねえ。昔オレは早川さんに追いつけ追い越せって、嫉妬心丸出しでさ、たまに組合で会ったりしても、あんまり口をきいたこともなくてねえ」

今までずっと、じいちゃんが早川宗二朗を憎んでいたと思っていたから、古い友人をなつかしむような表情をしているのが意外だった。

「まあ、オレはへそ曲がりの頑固者だったからね、組合なんてのもめったに顔を出さなかったし。あの早川さんがオレの仕事を評価してくれてたとはねえ。そうかい、そうかい」

じいちゃんは小さく何度もうなずいた。よほどうれしかったらしい。目元にうっすらと涙がにじんでいるようだ。かあさんやオヤジに言わせると、じいちゃんは昔みたいにむっつりすることは少なくなったが、年のせいか脳溢血のせいか、怒ったり泣いたりと喜怒哀楽が激しくなったらしい。それにしても、まさかじいちゃんが涙を見せるなんて、想像できなかった。

「あの、わたし」

突然梨々が、大きな声を上げた。

「大木製作所の伝説のモデラーさんにお会いできて、すっごく光栄です。じつはわたし、将来はモデラーになりたいんです！」

ずいぶん気合の入った宣言だと思いながら、ちらっと横を見る。梨々は目を輝かせている。

「ほう。いいねぇ。早川さんも、ご両親も大賛成だろうさ？」

「それが……」

梨々は急に表情を暗くした。

「じいちゃん、うちと同じだよ。梨々は、会社の経営のほうに行けって言われてるんだって。女がモデラーなんかやるなってさ。オレもオヤジに一流大学に行って一流企業に勤めろって言われてるだろ。どうしてみんな子どもの気持ちを尊重しないのかな」

ぼくがそう言うと、じいちゃんはまた頭をごしごしっとやった。

「……けどなあ、真、オレには淳の言うこともわかるんだよ。オレは朝から晩まで工房に行ったっきりで、土曜も日曜も家にいなかった。ばあさんにはずいぶん苦労をかけたし、淳なんて気がついたら大きくなっちまってた。だからな、オレが大学行かずに家業を継げと言ったのを、淳はあっさり断ったのさ。時間が不規則で収入が不安定で家族を不幸せにするイス屋なんて絶対いやだってさ。それでふつうの大学の経済学部に行って、サラリーマンになったってぇわけさ」

「ふうん」

そういうオヤジだって、しょっちゅう、やれ残業だの接待だのって夜は遅いし、ゴルフだなんだって、週末もいないことがあるじゃないか。と、思ったけど、黙っていた。

「こう言っちゃなんだが、その選択は正解だったと思うね。結局、オレは最後の十年は仕事が減って、ばあさんが始めた内職の仕事のほうが稼ぎがいいなんてときもあった。おまえが使ってる部屋は、ばあさんのミシン部屋だったんだよ。手先が器用な女でねぇ。洋服のリフォーム屋さんだったのさ」

「うん。覚えてるよ」

じいちゃんが工房を閉めたあと、毎日ぼーっとテレビを観ているじいちゃんの横で、ばあちゃんはズボンやスカートのすそ上げなんかをしていた。古いタイプの足踏みミシンのカタカタという心地よい音は、今でもなつかしい。

「ま、そんなこんなで、淳はおまえにも、不安定な世界に足を突っこんでほしくないのさ。そりゃ親心ってもんだ」

「そうかな……」ぼくは納得できない。

「オヤジのは、ただ自分が行きたくても受からなかったK大に息子を行かせて、自己満足に浸りたいだけなんじゃないかな。オヤジの親心なんて信じないよ。オレは」

じいちゃんは、急に表情を曇らせた。

「真、そいつぁちがうぞ。淳はK大に行けなかったんじゃなくて、行かなかったんだ。自分で勝手に授業料の安い国立のY大を選んだんだ。国立といってもT大は現役で入れそうになかったからな。大学なんて行かなくていい、浪人なんて冗談じゃねえって、オレがずいぶん言ったしな。ただ、今の会社じゃT大とK大出身が幅をきかせているから、おまえにはそのどっちかに行ったほうがいいって勧めているだけだろ」

「え……」

初耳だった。てっきりオヤジはK大に落ちたんだろうと思ってた。

「ま、おまえさんたち、とにかくコンペがんばれよ。わかんないことがあったらオレに聞いてもいいけどな、もとプロが手伝ったんじゃ、ずるっこしい。いざってときだけ助(すけ)っ人(と)になる。っていっても、ま、口だけだけどな」

ニタッと笑うと、じいちゃんはさっき小テーブルに放り出したリモコンをつかもうとして、また前のめりになった。

ぼくはリモコンをつかんで、ほんの少し手を伸(の)ばさないと取れないところに差し出す。

「じいちゃん、左手でやってみなよ」

じいちゃんは「ちっ」と舌打ちをして、左手をほんの少し伸ばした。が、リモコンはつかめない。右手を出そうとするじいちゃんに、ぼくは少し意地悪く言う。

「もう一回左でやってみてよ。これ、孫心ってやつ」

「このやろう。生意気になりやがって」

じいちゃんはゆっくりゆっくり、ほんの少し左手を伸ばして、リモコンをなんとか人差し指と中指のあいだにはさんだ。

「けっ、ざまあみやがれ」

満足げな表情のじいちゃんを見て、ぼくと梨々(りり)は笑った。

6 極秘プロジェクト、発進！

次の日も、その次の日も、ぼくたちは学校帰りの二時間だけ、プロジェクトを進めることにした。ただし、茶の間はじいちゃんがテレビを観ていて集中できないから、ぼくの部屋で。テレビの音が入ってこないように、ドアもいちおう閉める。イスは梨々にゆずり、ぼくはキッチンからスツールを持ってきてすわった。

梨々は『イスのデザインミュージアム』を本棚に置いた。

「この本、会社にもあったよ。事務所のほうにはめったに足を踏み入れないから、知らなかったんだ。返却日になったら、学校に持ってきて」

「うん。ありがとう」

本棚で圧倒的な存在感を放っているその大きな本を、じっと見る。この本のおかげで梨々と知り合えた。この本がなければ、梨々とは口をきくことがなかったかもしれない。

しーんとした密室に二人でいるとなんとなく緊張してしまうから、「なんか音楽かける？」と聞いてみた。

「うん。なんでもいいよ」と言うので、目の前にあったCDをかけた。

「これ、知ってる。なんだっけ……」

「映画『ゼロ・グラヴィティ』のサウンドトラック」

「そっか。でも真って、渋くジャズとか聴いてるのかと思ってた」

「残念でした。だいたいサウンドトラックか、ハードロック」

「ハードロックぅ？」

そんなに驚かなくてもいいと思うけど。

「見かけによらず、反抗的なんだね」

やけにまじめな顔で梨々が言うから、笑った。

「まあ、音楽くらいはね。そういえば、コンペのこと、親に言ったのか？」

梨々は首を横にふった。

なんだか、そんな予感がしていたんだ。ぼくもじいちゃん以外には言っていない。二人とも、コソコソと、まるで悪いことでもしているようだ。

「おじいちゃんにさ、コンペに参加してみたいって相談したら、反対されちゃった。審査員をやったことがあるし、今の審査員もみんなおじいちゃんのこと知ってるらしいんだ。ほかの学生に不公平になるからダメだってさ」

「へえ、さすがだな」

早川宗二朗さんの公平な態度に、ちょっと感動した。

「そのうえ、いろいろ説教されたよ。モデラーなんて今の時代は十五歳からやるもんじゃない。そんなことより、勉強しろって。でも、ほんとは、ヘタにコンペなんかに参加されちゃうと、まずいんじゃないの。早川の孫があのレベルかよって言われるのが怖いんだったりしてね」

梨々は舌をペロッと出した。

「でも保護者のサインが必要じゃなかったっけ?」

と、机の引き出しを開けてコンペの参加申込書を探しながら、聞いた。

「いいじゃん、真のおじいさんがサインすれば」

さも当然だというように梨々は言う。

「そうかな。いくらチームでも、保護者一人って、まずくないか？　あ、あった」

申込書を広げて確認する。

「ほら、未成年の場合は、それぞれに保護者のサインか印鑑が必要だよ」

「ふーん。ま、印鑑なんて、認印を押しちゃえばいいんでしょ」

いかにも梨々らしい発言だ。

「まあ、そうだけど」

と、なんとなくすっきりしないまま言う。自分だって、オヤジには最後まで内緒にしておくつもりのくせに。

「なに、その不満げな顔。わかったよ。じゃ、おかあさんには言っておく。おかあさんは好きなことしろって言ってるから、たぶん反対しない。モデラーになってもいいんじゃないって言ってくれたのは、おかあさんだけなんだ。わたしなら、きっと女でも優秀なモデラーになれるよって」

「うん、なれるよ。梨々って体格もいいし、べつに問題ないだろ」

ほめたつもりだったが、梨々は「体格がよくて悪かったわね」と言った。

「そっちこそ、おとうさんとかおかあさんは、コンペのこと、知らないんでしょ。おじいさんだけが知ってるんでしょ」

「うん、まあ」

イスのデザインコンペに参加するなんてことがオヤジにばれたら、めんどうなことになりそうだ。そんなことに費やす時間があるなら、もっと勉強して来年K大付属高校を狙えと言われるにちがいない。

小さなため息が出た。

「でもさ、うちはまあ、いざとなったらバレてもべつに問題ないけど、真のおとうさん、イス作りの世界が嫌いなんでしょ。ヤバくない、あとで？」

痛いところを突かれて、ぼくは無理矢理「……なんとかなるさ」と言った。バレたら、たしかにまずいだろう。けど、バレなきゃいいんだ。

かあさんは、ひんぱんに来る梨々とぼくが、いっしょに学校の勉強をしているのだと思っているはずだ。

「そうだね。なんとかなるよね。じゃ、始めよう」と、梨々が言ったとき、「お兄ちゃん」という声が聞こえた。

ドアをそっと開けて、力がぼくの部屋に入ってきていた。ノックしろと言ってあるのに。

力はちらっと梨々を見て、軽く頭を下げた。梨々もニッコリ笑ってあいさつをした。

「ノックしろって言っただろ。なんか用か？」

「水彩絵具、貸してよ。ぼくのはお子様用で、色が良くないんだもん」

実際おまえはお子様だろうと言いたかったけど、梨々の手前、ぐっとこらえた。

「あ……」

力は絵具を受け取りながら、机の上を見た。

「イス？」

「まあね。学校の……技術の課題だ」

と、ウソをつく。力がオヤジに告げ口するかもしれない。

「中学の技術でこんなむずかしい課題を出すの？　イスをまるごとデザインするなん

て？」

と、力が言うものだから、ぼくと梨々は目を合わせた。力はあなどれないのだ。

「そう。うちの学校は理系だからね」なんて、もっともらしくごまかす。

「ふうん」

納得していなさそうな顔をしたまま、力はあちこちのスケッチに視線をすべらせている。

「かわいいなぁ！　何年生？」

梨々の力を見る目は愛おしげだ。力を初めて見る人は、だれだってこういう顔をする。

まるでかわいい子猫を見るように。

「四年生」

「わたしは早川梨々。よろしくね」

「はい」

力は絵具を持って、ちらちらふり返りながら出ていった。

「いやー、真にあんなかわいい弟さんがいるなんて、想像できなかったなあ！」

なんだか自分がけなされている気がしてきた。

「似てなくて悪かったな。残念ながらオレはオヤジに似てるんだ」

梨々はクスクス笑った。

「べつに悪くはないって。ただ、真は大きくて強いイメージだけど、力くんは小さくて繊細で天使みたいだから」

わかってるよ。話題を変えたい。

「プロジェクトにもどろう」と、さりげなく言う。

うなずいた梨々は、机に広げられた紙のスケッチをひとつひとつ見ていく。

「なるほど、こういうイスか。でもさ、コンペにはふたつのテーマがあるでしょ。家でくつろぐイス。それか、家で仕事や勉強をするイス。どっちにしぼるの？」

「どっちもいけちゃうイスが理想なんだけど」

両方をミックスしたようなイスのスケッチも見せると、梨々はあまり気に入らないようだった。

「くつろぐときは座面がもっと低めで、どーんと後ろに寄りかかるゆったりアームチェアでしょ。このデザインは、ゆったりって感じじゃないよね。けど、ワーキングチェアにしては、なんかゆったりしすぎてる。背もたれも、角度開きすぎじゃない？」

ちょっと見ただけでずいぶんわかるんだなと、少々（しょうしょう）腹が立ちつつ、感心もする。

「できればマルチチェアにしたいんだ。都会のマンションとか、家がせまい人もいっぱいいるだろう。もしいいイスを買える余裕（よゆう）があっても、独身だからワンルームに住んでいるとかさ。しかもそういう部屋って畳（たたみ）じゃなくて板張りだろ。だったら、仕事も勉強もくつろぐのも食べるのも、全部一脚（きゃく）のイスでやるんじゃないかと思うんだ」

梨々（りり）は首をかしげる。

「そうかなあ。ワンルームの板張りの床（ゆか）に、ベッドがあって、横に小さなローテーブルとクッションがあって、床に直接すわるイメージのほうがふつうじゃない？」

「それ、ドラマの観（み）すぎじゃないか？」

「なにそれ」

「ドラマの女の人の部屋だとそういうシチュエーション多いからさ。けど、インテリアデザイン誌の『働く男の一人暮らし特集』ってのを読んだけど、床に直接すわっている部屋はひとつもなかったよ。まあ、あえてそういう部屋を選んだのかもしれないけど」

「ふーん」

不満げな表情で梨々はぼくを見た。

「じゃ真は、イスは男のためにあるとでも言いたいんだ？　権力の象徴？」

「いや……」

考えをまとめようとして言葉をのみこんだ。

人間がイスを権力の象徴として作ったことも事実だ。でも、今の時代はそうじゃない。

社会に出た男の一人暮らしに、イスが必ずあるのはなぜか。

「……たぶん、男って体がかたいからだと思う」

「えー？」

「うん。たいてい女の人のほうが体がやわらかいだろ。体育の時間でもそうじゃん。先生が男子は体がかたすぎる！　っていつも怒鳴るだろ」

「ああ、まあそういえばそうだね」

「男はさ、床に直接すわるより、イスにすわったほうが楽なんじゃないかな。昔みたいに正座したりあぐらをかいて床にすわる習慣も消えちゃったし。まあ、象徴的な意味合いもあるのかもしれないけど」

「ふーん」

梨々は眉間にしわを寄せて、考えている。

「そういえば、沖縄に移住しちゃったお兄ちゃんの部屋にも、イスは二脚あったな。勉強用のイスと、音楽聴いたりテレビ観たりするふかふかのアームチェア。でもわたしの部屋は、勉強用のイスだけ。くつろぐときは、床に敷いてあるラグにぺたんとすわって、ローテーブルを使うよ」

ぼくはうなずいた。たしかに、かあさんも、イスより茶の間の畳にすわるほうが楽だと言う。でも、ぼくやオヤジはそうでもない。

「オレもきみのお兄さんと同じで、イスの方が楽なんだ。床や畳に直にすわるのも好きだけど、ずっと正座してると膝がきついし、あぐらはいいけど、何時間も映画を観たり本を読むにはきつい。座イスっていう手もあるけど、うちの茶の間はせまいから、人数分置くのはムリ。あと、足腰の弱い人はイスが必要だよ。じいちゃんなんか、床にすわると、立ち上がれなくなっちゃうんだ」

「そっか、そっか」

「うん。だから、なんとか両方いけちゃうイスを作りたい」

梨々はぼくのスケッチをじっと見つめる。

「じゃあ、もしこのイスの実物が今ここにあったら、なにをしたい？」

「ええと」

ぼくは自分がスケッチしたイスを想像する。

「勉強したり、ＰＣ使ったり。でも机に向かう前かがみ姿勢じゃなくて、後ろに寄りかかった、ちょっとだらっとした姿勢でノートパソコンとかタブレットを使いたいんだ。机が少し斜(なな)めにできるようになってればいいと思う。調べたんだけど、角度を変えられる机って、けっこう多いんだよね。小さなテーブルをつけられるようにしてもいいし。あとはスケッチをしたり、スマホをいじるとか」

「マンガとか本を読むとかも」

「あと、カップラーメンくらいは食べるかもな」

「なんでもできるマルチチェアか」

「うん、むずかしいだろうけど。そのイス、すわり心地いい？」

梨々はあらためて背中を寄りかからせて、うなずいた。

「かなりいい感じ」

「昔じいちゃんが作ったやつなんだけど、食事にも、勉強にも適してるんだ。でも、ちょっとリラックスしたいときとかは、背もたれがまっすぐすぎて、あんまり快適じゃないんだよね。だからこういうイスを改良して、作業もできるけど、快適なものにしたい」

梨々は何度もうなずく。

「たしかにこのおじいさん設計のイス、すっごくいいけど、テレビ観るのとかはムリだもんね。でもさ、コンペに応募するのに、くつろぐイスか、勉強や仕事をするイスか、どっちかのテーマに決めないとまずくない？」

その指摘はもっともだ。

「応募規定には、たしかにテーマはふたつあるけど、どっちかにしぼらないと失格とは書いてないいんだ。ちょっと冒険かもしれないけど」

「え、そうなの？　ちょっと貸して」

コンペの応募要項を、梨々は声に出して読む。

「ふーん、ほんとだ。たしかに、失格とは書いてない。けど、審査員は選ぶのに困るんじゃないかなあ？」

うーん、と梨々はブツブツ言い続ける。

「ほかにアイディアが出るかもしれないけど、学校のテストが近いから、ミーティングはしばらく延期だね。勉強の合間に、ちゃんと考えておくよ」

スケッチをかたづけながら言うと、梨々は「うん、そうだったね」とうなずいた。

「わたしも、少し成績を上げたいから、がんばらなきゃ」

7 オヤジ対策

二週間後に全科目のテストがある。この学校は二学期制で、中間テストと期末テストのほかに、四月に、春季実力テストというものがあるらしい。

オヤジに文句を言わせないために、ぼくはイスのプロジェクトから遠ざかって、勉強に集中することにした。良い成績を取れば、口うるさいオヤジの監視から免れることができるだろう。それしかイスのプロジェクトを進める方法はない。成績が悪ければ、オヤジのことだから、必ず塾へ行けと言うだろう。

コンペの締め切りまであと三か月。塾に行っている暇はない。

早朝のジョギングでも、イヤホンで音楽の代わりに英単語を聞き、学校から帰るとすぐに勉強を始めて、食事や風呂の時間以外は夜中まで続けた。テレビどころかネットもスマホも観ず、まるで受験生の最後の追いこみのように、ひたすら勉強をした。

ときどき、すべてを放り出して逃げたくなる。弟のように、いっそのこと体が弱かったら良かったかもしれないと思う。

力は生まれつき原因不明の虚弱体質らしい。よく貧血を起こしたり高熱を出したりするし、救急車で運ばれることもある。寝ていることが多いから、筋肉も年相応じゃない。重いものは持てないし、走ればすぐ転ぶ。

だから力はなにをしても親には怒られない。生きていてくれるなら、それでいいのだ。オヤジはぼくには厳しいけど、力には甘い。かあさんは、力を目の中に入れても痛くないほどかわいがっている。

色白で、小柄で、天使みたいなかわいい顔をしていてワガママな力に、ぼくは正直言って、嫉妬している。元気なときも遊んでばかりで、決して怒られないなんて、ずるいと思う。自分でもいやなアニキだと思うけど、弟をかわいいと思ったことはない。ムカつくことはしょっちゅうだけど。

ぼくは親にかわいがられた記憶があまりない。お菓子もおもちゃも、テレビ番組でさえ、いつでも力に選択権があった。「お兄ちゃんなんだから、がまんしなさい」「お兄ちゃんなんだから、お手本を見せなさい」「あんたは強いんだから、いつでもどこでも力を守るのよ」と、言われ続けてきた。

力のかわいい顔を、何度たたきたいと思ったことだろう。でも、怒鳴りつければすぐに泣き出す小さな顔を見るとできなくなる。にくらしいはずでも、力の涙を見ると、全身から怒りがすとんと抜け出ていく。相手がぼくみたいな顔と体格だったら、取っ組み合いだってできたかもしれないのに。

カゼひとつひかない丈夫なぼくは、力の分までまとめて二人分期待されてきた。期待されたとおりにできないと、オヤジにこっぴどく怒られ、頬をひっぱたかれた。

せっかく丈夫な体と脳みそを持っているんだ。もっと使え。おまえはなんでもできる。かわいそうな力の分まで、おまえががんばらないでどうする。努力が足りない。根性がない。甘ったれるな。

早く大人になって、オヤジに怯えることも力に嫉妬することもなく、やりたいことに専念したい。でも、とりあえず今は、オヤジの目を逃れるために勉強をして、適当にうまくやっていくしかない。

ぼくはモットーを書いた紙を壁に貼った。

「夢を実現させるまでの、ちょっとのガマンだ」

勉強の嫌いなぼくが、なんとか勉強を続けるための、魔法の言葉。

今はつらくても、永遠に続くわけじゃない。ちょっとのガマンだ。

そう思うと、すっと気が楽になる。


春季実力テストの結果は、とても良かった。クラスで一番。学年で五番。

上位三十番までの生徒の名前は、廊下に貼り出される。カトシュンには背中を何度もたたかれて、「やべえ、おまえ、マジですげえ。彩乃がおまえのこと、すっげえほめてたぞ。オレちょっとジェラシーを感じるね」なんて言われた。

口をきいたことのなかったクラスメイトたちから話しかけられたのはうれしかったけど、正直、失敗したと思った。がんばりすぎた。まさか一番になるとは、夢にも思っていなかった。

最初は中より上ならいいと思っていたのに。

たぶん編入試験のときに猛勉強をしたのが脳みそに残っていたせいもあるだろう。テストの内容は二年生の復習がほとんどだったから。

だけど、これじゃオヤジ対策として最悪だ。オヤジの性格からして、一度クラスで一番になってしまうと、下がることは許されない。これ以上期待されても困るし、順位をキープするのも大変だ。春季実力テストがあったことはバレているけど、結果をオヤジに知らせないという手はないだろうか。

ぼくはひどく重い気分で、テスト結果の紙をポケットに入れた。

その日、梨々と下校していると、駅へ向かう途中のコンビニの前にたまっているクラスメイトたちに出くわした。

カトシュンがやけに渡辺彩乃にベタベタしているところを見ると、どうやら彼の「オレ、ぜったい彩乃とつきあうんだ」は、実現したらしい。

手をちょっとあげてカトシュンにあいさつをする。渡辺が彼に何かヒソヒソ言っているのが見えて気になったけど、ぼくはそのまま通り過ぎようとした。

「あ、真、チョイ待て待て」

カトシュンが寄ってきた。

「おまえさ」

カトシュンはちらっと梨々を見て、声を落とした。

「スラカワはやめとけ。彩乃が言ってるぞ。スラカワは変人でみんなから浮いてるからやめたほうがいいって。おまえなら、もっとふつうでかわいい女の子狙えるってさ」

いくら声を落としていても、カトシュンの言葉はすぐとなりにいる梨々にも聞こえたにちがいない。ちらっと梨々を見たけど、「我関せず」という顔をしている。こういうくだらない会話には興味がないのだろう。それにしても「もっとふつう」ってなんだよ。

ぼくは、あえて大きな声ではっきりと言った。

「あ、べつにオレと梨々は……早川は、そういう意味でつきあってるわけじゃないから。早川とは、あるプロジェクトのためにチームを組んでいるんだ。ただそれだけ」

言ってから、なんとなく奇妙な感じがした。こんなふうに言うべきだったんだろうか。

梨々を悪く言うなと、ちゃんとかばうべきだったのかもしれない。

「ふーん。けど、おまえらいっつもいっしょにいるから、みんなおまえらのことカップルだと思ってるぜ。なあ？」

今度はふつうの声のトーンでカトシュンが言って、仲間をふり返った。みんながうなずき合う。

突然、それまで知らん顔をしていた梨々が一歩前に出た。

「あのさ、べつにそういうんじゃないよ。わたしら、イスのプロジェクトをいっしょにやっててね、そのパートナーってだけなんだよ。真とつきあいたい子がいるなら、どーぞどーぞ。わたし関係ないし」

梨々がいつになくムキになっているような気がした。いくら梨々でも、こうはっきりと『変人』呼ばわりされたことに傷ついたのかもしれない。

「あ、イスか！　ははーん、それでわかった。スラカワんちって、イス屋だもんな」

カトシュンが、急に納得したような顔つきで、仲間のほうにもどっていく。

ぼくは渡辺彩乃にちらっと目を向けた。かわいい顔にうっすら笑いを浮かべて、梨々をバカにした目つきでじろじろ見ている。

　こんなやつのどこがいいのか。カトシュンが彼女を好きな理由がわからない。たしかに見た目はアイドルのようにかわいいかもしれないが、家具で言えば化粧合板というやつに似ている。表面だけ見栄えのいいうすっぺらい板で、下は安いベニヤ板だ。しかも、貼りつける表面の板は天然素材じゃなくて、木目をプリントしたプラスティックのシート。新しいときは、欠点のない木目がずっとリピートでプリントされて、不自然なくらいにきれいだ。でも長く使えば、端からめくれてボロボロになっていく。本当の木なら削って修復できるけど、それができない。しょせんニセモノでしかないんだ。

　数歩進んで、ぼくは渡辺彩乃に近づく。

　今までなら絶対にこんなことはしなかっただろう。クラスの中では、適当にうまくやっていくのが一番いい。

「渡辺さん」

「なーに？」

　渡辺彩乃は甘えたような目で、ぼくを見つめた。

「早川って、べつに変なやつじゃないよ。いい意味で『ふつう』じゃないかもしれないけどね。第一、だれとつきあおうとオレの勝手だと思うんだけど。じゃ、悪いけど急ぐんで」

カトシュンを軽くにらみつけてから、ぼくは早足で歩き出した。

ただ能天気なだけだと思っていた彼が、なんとなく最近変わってきたような気がするのは、渡辺彩乃のせいなんだろうか。前は梨々のことを「個性的っつーか、おもしろいやつだよ」と言っていたはずなのに、今は変わり者で浮いているという渡辺彩乃の言葉を、そのまま投げつけてくる。

彼女の伝書鳩かよ？　カトシュンの性格が急に変わるほど、あの化粧合板女は影響力を持っているのか？　それとも、あいつは最初からその程度のやつだったのか？

ちぇっ。ひょっとすると、あいつとは友だちになれるかもしれないと思っていたのに。

「あのさ、真」

歩きながら、梨々は言う。

「あんなこと言っちゃって、まずくない？　渡辺さんも加藤くんもけっこう人気者だしさ。クラスで浮くかもよ。わたし一人で帰るから、もどれば？」

「おい、冗談言うなよ」

遠ざかるコンビニから、まだ笑い声が聞こえてくる。今あそこにもどって、またなにか言われたら、冷静でいられるかどうかわからない。

ひょっとしたら、適当に受け流すべきだったのかもしれない。どうせからかってるだけなんだから。なんであんな強気なことを言ったのか、自分でもよくわからない。今までは、めんどうなことに巻きこまれないように、いつだってまわりにうまく同化したフリをしてきたはずだ。

でも、黙っていられなかった。家族を悪く言われたときのような、すごく悔しい気持ちだった。力が同級生に囲まれていじめられているのを見たとき、ムカついて全員投げ飛ばしたい気になったのと同じだ。

ふと、自分がものすごい勢いで歩いていることに気づいた。あわててスピードをゆるめる。

「あー良かった。真、マジ速すぎ。わたし、チーム脱落寸前だったんだよ！」

梨々が息を切らせながら言った。

思わず笑った。梨々はぼくの張りつめた糸をゆるめるのがうまい。

「ごめん、つい早足になっちゃって。あいつら……まあ、いいや。言いたいやつには言わせておこう。そんなことより、せっかくテストが終わったんだから、思う存分プロジェクトを進めよう」
「そう来なくちゃ！」
「今日はこのまま直帰して、明日は土曜日だから、朝からうちに集合ってのはどうかな？オヤジは土曜出勤でいないし」
「うん、そうしよう！」

帰宅してスケッチをしていたら、かあさんにしつこく聞かれて、ついにテストの結果を見せてしまった。

なくしたとか、まだ結果が出ていないってごまかそうと思ったけど、どうせ学校に問い合わせればわかってしまうことだ。

かあさんは大喜びし、「すごいわ、真(しん)、おとうさんきっと大喜びよ」と言った。夕食はぼくの好物の焼肉にしようと言って、買い物に出かけた。

オヤジを喜ばせるために勉強をしている自分が情けない。情けないけど、しかたがない。
「夢を実現させるまでの、ちょっとのガマン」だ。

スケッチを再開する。

どうも納得のいくものができない。去年のカレンダーの裏や前の学校のノートのあまったページなど、スケッチをする紙は山のようにある。それでも足りなくて、安売りのコピー用紙のパックから真っ白い紙を引き出すと、さすがに少し緊張して、端のほうから小さくスケッチを重ねていく。

紙の無駄遣いになるから、ホワイトボードを買ったほうがいいかなと考えていると、
「ただいま」と、玄関から低い声が聞こえてきた。

オヤジだ。

金曜日にしては早い。いつもは会社の接待だのつきあいだので、夜中に帰ってくるのに。きっと明日が土曜出勤だからだろう。

ぼくはあわてて立ち上がり、じいちゃんの部屋を走り抜け、茶の間を横切る。今部屋に来てほしくない。

玄関ホールでぼくの顔を見るなり、オヤジは「実力テストの結果はどうだったんだ？」と聞いてきた。そう聞かれるのはわかっていた。しかたがないから、ぼくはポケットに入れていたテストの結果をオヤジの前に突き出した。

「勉強はちゃんとやってるよ」

点数は無視して、オヤジはランキングのところだけを見ると、満足げに微笑んだ。

「よし。この分なら、来年の高校受験、うまくいきそうだな」

まだ言ってる！

ぼくの胸にたまっていたものが、ぐんぐん喉を上がってきた。

「なんで受けなおさなきゃならないわけ？　オ……ぼくがどれだけ努力して今の学校に編入したと思ってるんだよ。高校を受験したくないからがんばったんだ。オヤジだって中高一貫校は賛成だったじゃないか。なのに、なんでまたそんなこと言うんだよ」

ついに言い返したぞ。

巨大な壁が、少し低くなったような気がする。いや、低くなったのはオヤジじゃない。

ぼくの身長が伸びたのだ。

「オヤジと呼ぶな。何度言えばわかるんだ。おとうさんと言いなさい。いいか、真。今の学校は、悪くない。だが、おまえなら、トップクラスの高校を狙えるぞ」

いつもなら、ここで「そうだね」と言っていたはずだ。口答えをしても、うまくいかないのはわかっている。でも、引っこみたくなかった。

「もっと上ってなに？　またあれか、K大付属からK大経済学部に行って、それかいっそのことT大に行って、一流企業のエリートや官僚になれってやつ？　それ、オヤ……とうさんの夢だったんだろ？　自分が会社で悔しい思いをしているからって、自分の夢をぼくに押しつけるなよ」

ずっと言いたかったことを、ついに言ってしまった。

オヤジの顔色が変わった。

「おまえの将来を考えて、言ってるんだ。わからんのか！」

迫力のある声は、ガラス窓をビリビリ振動させた。

でも負けない。

「将来？　そんなら言うけど、前の中学に白石ってやつがいたんだ。白石のおとうさんは

T大出のエリートで、一流証券会社でバリバリやってて、実家をハリウッドみたいなりっぱな二世帯住宅にして住んでいたよ。けどある日、不正取引がもとでその一流企業が傾いて、白石のおとうさんはリストラされて、そうこうしているうちに離婚になった。白石はアパートに引っ越して泣いてたよ。とうさんの言う安全路線って、そういうのなわけ？」

一気に言った。もう、どうにも黙っていられない。

オヤジは書類バッグを床に置いて、ぴっと姿勢を伸ばし、腕を組んだ。

ぼくは思わず一歩下がる。

高校でも大学でもラグビーをやっていたオヤジはでかい。まるで分厚い壁だ。その壁が腕を組むと、めちゃくちゃ威圧感がある。

「真、そんな極端な例をあげてもしょうがないぞ。その人は運がなかったんだろう。多くの場合はそうじゃない。いい大学の、就職率のいい学科を卒業すれば、仕事の選択肢が増える。自分で道を切り開けるんだ。今はまだ、おまえにはわからないかもしれないが、わたしは、いろんな例をたくさん見てきた。だから言っているんだ」

「……」

言い返す言葉を探す。

なにかというと、すぐに「おまえにはまだわからないかもしれないが」だ。高校生になったらわかるのか？　大学生か？　就職してからか？　オヤジの年齢になってからしかわからないのか？

「なんだ、その反抗的な目つきは。じゃあ聞くが、おまえはなにかやりたいことでもあるのか？　なにを目指したいんだ？」

すぐに答えたい。

自分が目指しているのは、イスのデザイナーだよ。イスに限らないかもしれない。プロダクトデザイン全般かもしれない。でも、とくにイスの設計をしたいんだ。アメリカのチャールズ＆レイ・イームズのように。イタリアのジオ・ポンティのように。デンマークのハンス・ウェグナーのように。フィンランドのエーロ・サーリネンのように。美しく、すわり心地のいい、歴史に残るようなイスをデザインしたい。

言いたい。けど、ぼくは唇を嚙んで黙っていた。

まだ早い。今言うと、つぶされる。

「いいか、真。経済学部に行けとは言わない。理工学部でも医学部でもいい。多分おまえは絵や小説が好きなんだろう。だが、美術とかデザインとか文学とか、そういうのを仕事にするのはやめろと言っているんだ。まともな路線を選べ」

気持ちを読まれたのかと思って、ぼくはぎくっとした。

それにしても引っかかる。「まともな路線」ってなんだよ。

「とうさんは、いったいなにを基準に……」

と、言いかけたそのとき、かあさんが買い物から帰ってきた。

「あら、あなた、早かったわね。ほら、二人とも玄関先でそんな怖い顔してないで。今日は真の成績のお祝いなんですからね。さあさあ、真、お茶の間かたづけて、二階の力を呼んできて。焼肉パーティーにしましょう！」

かあさんの声は、この場にそぐわないほど明るい。

「おい、風呂は沸いているのか。先に風呂に入るぞ」

けっ、風呂くらい自分で沸かせよ。

ぼくは心の中で悪態をつく。

「あら、沸いてないわ。今すぐ用意します」

かあさんはパタパタとスリッパの音を立てて走り、オヤジはダン、ダンと音を立ててえらそうに歩き、ぼくは熱もないのに学校を休んだ力のマンガやゲームを拾い集める。

じいちゃんはいつものアームチェアで、茶の間の大きなテレビのほうを向いたまま、うつらうつらしている。いや、フリをしているだけなのかもしれない。

ひょうひょうとした元職人のじいちゃんは、エリート志向で見栄(みえ)っ張(ぱ)りのオヤジよりもずっと上手(うわて)だと、最近よく思う。オヤジとじいちゃんの言い争いを聞いたことがない。オヤジがじいちゃんを嫌(きら)っているのは知っているけど、ケンカはしないみたいだ。じいちゃんがさらっと受け流すからだろうな。

オヤジは、たとえ七十歳(さい)になっても、ずっと文句を言い続けるような気がする。じいちゃんのように、しなやかな老人にはならないだろう。

いったい、いつまで怒鳴(どな)られ続けなければならないんだろう。それとも、ぼくがオヤジをうまくかわせるようになるのだろうか。

8 最強のパートナー

「こういう木の曲線はムリ。これ作るだけで一年かかりそう」

梨々がスケッチを見て指摘した。

オヤジが早朝から土曜出勤で出かけてくれたおかげで、朝から梨々とプロジェクトを進めている。

「一年なんて、おおげさだな」

「ほんとだよ。これじゃ曲木も成形合板もできないし、無垢の木から削り出すしかない。そんなのすっごく時間かかるし、わたしにはムリだし、材料費だけで超高くなるよ」

そう言われて、はっとした。蒸し煮した木を型にはめて手で曲げていく「曲木」や、薄い板を接着剤で貼り合わせ、型に入れてプレス加工する「成形合板」のことは、聞いたことがある。でも、このデザインを形にするのにどういう技術を使うのか、まったく考えていなかった。

「そっか……。じゃこういうのは全部ボツだな」

スケッチ数枚の上に、大きく×をつける。

「とにかく、基本素材は木なんだね？」

「うん」と返事をしたものの、だんだん自信がなくなってきた。

「けど、ホームセンターで売ってるような安いベニヤならわかるけど、それ以外、木材のことってぜんぜんわからないや」

「木材を扱ってる店のホームページに出てるよ。あとでいいサイト教えるね。でも、どのくらいの量が必要か、想像できないでしょ？」

「ごめん。ぜんぜんわからない」

なにも知らない自分に驚く。梨々はなんでもよく知っている。同い年とは思えない。

「あやまることないよ。ふつう知らないってば。いいのいいの」

なぐさめてもらって情けない気がしたけど、黙ってうなずいた。

「あ、それとさ、加工機械は『学校の技術の宿題でイスを作る』とか言えばセーディアのを貸してもらえるけど、材料は自分たちでなんとかしないと。職人さんたち、在庫をすごいチェックしてるから」

じつは、そのこともあまり考えていなかった。デザインにばかり気を取られて、実際に原寸模型(モックアップ)を作る工程を、すっかり忘れていた。

ぼくはうなずきながら立ち上がり、本棚(ほんだな)の奥(おく)に隠(かく)してある封筒(ふうとう)を確認(かくにん)した。

「いちおう、お年玉やおこづかいをためたのがあるんだけど。えっと……三万円くらいしかないけど、足りるかな」

木材や布、クッション材など、全部でどのくらいの材料費がかかるのか、見当がつかない。

「まあ、足りるようなものを作ろうよ」

「そうだね」

「わたしは、いざとなれば、けっこう持ってるよ。『親が選ぶ地味な服じゃなくて、自分の好きな洋服を買っておしゃれしなさい』って、両方のおばあちゃんが去年も今年もけっこうな額のお年玉をくれたんだけど、どうせ買わないからね」

思わず笑うと、梨々は「悪かったわね」と舌を出した。

「お兄ちゃんのおさがりでいいんだもん。メンズのデザインのほうが好きだし。わたしだってさ、おしゃれにまったく興味がないわけじゃないよ。映画とかテレビとかでおしゃれな人を見るとステキだと思うしさ。でも、服を買いに行くのがめんどうくさい」

自分で持ってきたお菓子をポリポリかじりながら、梨々は言う。いる？　と差し出してくれるけど、キャラメル味はあまり好きじゃない。

「オレも同じ。気に入った服を着たいけど、コーディネイトしたりするのはめんどうだから、下はジーンズで、上はいつもマリンブルーかミッドナイトブルーの無地のTシャツとトレーナー。ブルー系でもターコイズブルーとかセルリアンブルーはパス」

梨々はゲラゲラ笑った。

「なんだかんだ言って、色にはこだわってるじゃん。でもわかるよ。同じ青でも色味がちがうと、合わせにくいもんね。緑がかった青と紫がかった青はちがうし。それだったらいっそのこと、緑と青のほうが組み合わせとしては気持ちいい」

「そうそう、それそれ！」

梨々(りり)は構造には興味があっても、色彩(しきさい)には興味がないのかと思っていた。

「同じ青系ならなんでも合うと思ってる人、けっこういるよな」

「いるいる！」

「同じ系統でコーディネイトするなら、同じ色相(しきそう)の濃淡(のうたん)だけでコーディネイトすれば簡単なんだけどね」

「それで差し色を入れるとかね」

「うん。グレーなんかとくにむずかしい。同じ濃度の、暖色系のグレーと寒色系のグレーなんて、オレは合わせたくない。あ、悪い、話がそれた。で、材料費の話だけど……」

「うん、じゃメモろう」

梨々は緑茶をズズッと飲み干すと、ノートにメモをしだした。

真二(しん)万円。梨々二万円。

「オレ、三万あるけど」と、訂正(ていせい)する。

「材料費に全額使っちゃダメ。なにがあるかわからないから、余裕(よゆう)を持たせる。これ鉄則。だから二万ずつにしよう。これ以上は絶対使わない。それでなんとかしようよ。見えないところは廃材を使うとかさ」

「なるほど……」

「あと、布はあまったものをもらえるから問題なし。ウレタンとかのクッション材も安いし廃材もあるから問題なし。ボルトとかネジも問題なし。コストダウン、コストダウンっと。えーっと、やっぱり木材だな。小さいものなら、端材をもらえるけど、大きいのは買わないと」

「うん」

「塗装は平気。そのくらいはセーディアのを使わせてもらえる」

「大丈夫なのか？　迷惑はかけたくないんだけど」

「問題ない。いつもセーディアの工房でイス作りの練習してるから。捨てるはずの木材のかけらをもらってつなぎ合わせて、補修して、色塗って、あまった布もらって、みたいな感じで」

さすがだ。黙々と作る梨々の姿が目に浮かぶ。

「モデラーになるために生まれてきたって感じだな」

「でしょ」

梨々はうれしそうに笑う。

「だから塗装くらいはぜんぜん平気。いい木材はダメ。高いし、注文に合わせて在庫がきっちり管理されていて、勝手に使えない。でも、原寸模型用の安い木材も、いっぱいあるよ。それは使える。あまりきれいな木材じゃないけど、形見るだけなら。あ、あと鉄パイプとかも大丈夫だよ。安いし、いっぱいあるし、再生できるから、使えるよ」

「今度、工場に行ってみたいな」

「来てよ。職人さんの仕事のじゃまになるといけないから、夕方の仕事終わるちょっと前とか」

「うん、ぜひお願いします」

「じゃ、まずは制作プロセスの整理をしよう」

ノートにてきぱきと書いていく梨々の手を見つめる。ぼくはスケッチばかり描いているけど、頭でっかちで、具体的なことをなにも知らない。梨々の実務能力を見習わないといけないと思う。

「よし、大体こんなもんか」

ノートには、必要な材料、使える材料、買うべき材料、大体の上限コスト、スケジュールなどが、表にしてある。

「おお、プロみたいだ。頼(たよ)りになるよ」

「これ、おじいちゃんによくやらされたんだ。夏休みに自分のイスを作る前に、必ずね。こういうことから始めなきゃダメだって。実家がイス屋で使える材料がいくらでもあると思って、自由気ままにやるなって。アイディアから、設計、使う材料や技術の確認(かくにん)、コスト計算とスケジュール管理まで、責任もってやれって」

「すごいな……」

梨々と自分のレベルの差を、まざまざと思いしらされた。

「でもさ、わたしには真(しん)みたいに、新しいイスを生み出す能力はないよ。好き嫌(きら)いを言ったり、写真見て同じような模型(モデル)を作ったりはできるけど、新しいアイディアなんて浮(う)かばないもん。絵も下手だし」

「そんなものかな」

「そんなもんだよ。おたがい、できないことを補い合ってこそのチームだもん。それでいいじゃん。デザインは真(しん)にまかせるから、作るほうはまかせてよ」

「うん」

Vサインを作る梨々(りり)に、ぼくは頼(たよ)りなくうなずいた。コンペに入賞できるようなデザインが、本当にできるんだろうか？　最初は強気だったはずなのに、どんどん自信がなくなっていく。

ノックと同時にドアが開いて、かあさんが顔を出した。

「お昼ごはんよー。梨々ちゃん、食べていってね！」

「あ、すみません。わたし帰ります」

梨々があわてて立ち上がった。

「いいのいいの、ただの焼きそばだもの。お肉をたっぷり入れて、もう五人分作っちゃったわ。おうちに電話しておいてね、じゃ、二人とも手を洗ってきてちょうだい」

「ありがとうございます！」

梨々は頭を下げた。

「わたしね」

ふりむいた梨々は、満面に笑みを浮かべている。

「焼きそばが大好きなんだ。でもうちのおかあさん、今、ヴィーガンダイエットに凝ってさ、ふつうの肉入り焼きそばなんて、食べられないんだよ！　超ラッキー」

「ヴィーガンダイエット？」

「うん、肉も魚も卵も乳製品もダメってやつなの！　ま、うちのおかあさんって飽きっぽいから、そのうちやめると思うけどさ。手を洗いに行こっ。おじいさーん、おじいさんも行きましょ」

梨々に誘われて、じいちゃんも腰を上げようとしている。

「あれ、じいちゃん、畳の上にすわりたいのか？」

と聞くと、「へへっ」と、じいちゃんは笑った。

「つい、若い人につられちまった。やめといたほうがいいな。ここから参加するよ」

じいちゃんは頭をごしごしっとやった。

ランチのあと、ぼくたちはすぐにプロジェクトを再開した。興味津々の力が部屋に来たがるのを、なんとかうまく避ける。

デザインはまだ完成していないけど、昨日の夜描いたアイディアスケッチを、机の上に並べた。

「どんどん絵がうまくなってきてるね」

ほめられても、あまりうれしくない。「これだ！」というデザインが決まっていないせいだろうか。アイディアが煮え切っていないスケッチを見て、ぼくは小さくため息をついた。

「コーヒーをどうぞ」

かあさんが食後のコーヒーを持ってきた。

「あ、ごめん、オレがやるからいいのに」

あわてて、部屋の入り口でトレーを持ってこっちを見ているかあさんに走り寄る。

「ありがとう」

「あら、なに、イスのデザイン？」

首を伸ばしたかあさんの視線は、机の上のスケッチで止まった。

「あー、いや」

なんと言ってごまかすか。

「真、いいわよ、わたしには本当のこと言いなさいよ。おとうさんには黙っておいてあげるから」

べつに、と言いかけるが、机の上にはおびただしい数のイスのスケッチが並んでいる。ごまかすのはかえっておかしい。

ぼくは白状することにした。

「じつは、七月の全国学生チェアデザインのコンペに出そうかと思って……まあ、なんていうか、バスケの県大会に出るとか、そういうノリで……」

「ふうん。いいじゃない。梨々ちゃんも？」

「うん」

ちらっと梨々をふり返る。梨々はニコニコしてこっちを見ている。

「じつは、梨々んちはイスの制作会社で、小さいころから修業しているから、彼女いろいろできるんだ。とりあえず、とうさんには内緒にしておいてくれるかな」

かあさんはぼくと梨々(りり)を交互(こうご)に見つめて、うなずいた。

「なるほど、チームを組んでいるのね。でも、あとでおとうさんにバレてめんどうなことになるなら、今のうちに言っておいたほうがいいかもしれないわよ。あ、六月に中間テストがあるでしょう？　そのあとのほうがいいかもね」

「……うん。まあ、よく考える」

「そう。じゃ冷めないうちにコーヒーをどうぞ。コンペ、がんばってね」

かあさんは指でVサインを送ると、きびすを返した。

「はは。Vは勝利のVだ！　がんばらなきゃね。良かったじゃん、おかあさんに認めてもらえて」

梨々は、コーヒーにスティックシュガーを三本も入れながら言う。

「うん、かあさんはいいんだ。問題は……オヤジだよ」

かきまぜたコーヒーをすすりながら、ふーん、と梨々は軽く言った。オヤジの怖(こわ)さを知らないからだろう。

「でもさ、次も学年で五位とかだったら、バレてもべつに平気でしょ。ほんっと頭いいもんね。真がうらやましい」

素直にうなずけない。必死に勉強しているのと、記憶力がいいってだけで、たいした脳みそなんかじゃない。

だいたい、いつも吐きけをもよおしながら、いやいや勉強をしている。数学や英語は将来役に立つかもしれないと思う。理科でも物理は好きだけど、化学記号なんて、いったいイスとなんの関係があるのだろう。

「……オレは、数学の天才のカトシュンとか、モデラーの素質があって基礎もちゃんとできてる梨々のほうが、数倍スゴいと思うけど」

数学が大好きで得意なカトシュン。イス作りが大好きでモデラーとしての実技に長けている梨々。二人とも、好きなことで秀でている。自分はどうだろう？　本当にデザインの才能があるのか？　それとも、ただ好きなだけなのか？

「そんなことないない！　あ、加藤くんはたしかに数学の天才だけど、得意科目と不得意科目が両極端だし、わたしはイス屋で育ったってだけで、勉強は全部ダメダメ。こないだのテスト、一二二人中、八十五番だったよ。後ろから数えたほうが早いんだから！」

あっけらかんとしている梨々を見て、ますますうらやましくなる。

もしぼくがそんな成績を取ったらどうなるだろう。

中学一年のとき、入部して間もないのに、バスケットボール部のレギュラーメンバーにばってきされて猛練習をさせられ、しばらく勉強をなまけていたときがあった。県大会の結果もさんざんだったが、中間テストの成績は急降下して、最悪だった。

そのとき、仁王立ちしたオヤジにガンガン怒鳴りつけられた。頬を思いっきりたたかれ、まだ体が小さくて軽かったぼくは、二メートルくらいぶっ飛んで、後ろの柱に頭をぶつけた。

ぼくは大泣きした。オヤジが心底怖かった。そのとき、バスケット部をやめろと言われた。

結局、期末試験では成績を必ず挽回するという約束で退部しないですんだけど、それ以来、オヤジに怒られないだけのために、勉強をした。部活のあとは塾にも通い、へとへとになったけど、成績はぐんぐん上がっていった。

ちっとも楽しくなんかなかった。バスケットも塾も、義務感だけで続けていた。

ただ、イスの絵を描いているときだけは、自由になった気がした。

なにもない真っ白い紙に、形をどんどん描いていく。線が面になり、影をつけると立体的になっていく。架空の空間に、イスを生み出す。恐ろしい忘却のイスや、壇上の玉座や、エジプトの折りたたみイスとはちがう、自分が今、すわりたいイス。いつかだれかにすわってもらいたいイス。それはぼくにとって、鎖で縛られている心を解放できる唯一の時間だった。

「そんな深刻な顔しないでよ。ねえ、おいしいコーヒー冷めちゃうよ」

言われてふと見ると、ぼくはコーヒーにまだ口をつけていなかった。

湯気はとっくに消えていた。

9　一〇五度

「じゃ梨々(りり)、テーマやデザインの要点をまとめるね」

ぼくは箇条書(かじょうが)きにし、その横に簡単なスケッチを描(か)き、口で補足する。
1．プロジェクトのタイトル「らくちんスタディ」
「これは仮のタイトル。もっとカッコいいのにしたいんだけど」

「うん、これはダサすぎる」と、梨々は笑いながらうなずく。
2．オフィスっぽくないデザイン
「家で使うんだから、和風の家にも洋風の家にも合う、温かい木のイメージにしたい」

「賛成」梨々は親指を立てた。

3．背もたれはリクライニングにしない

「角度は固定されているけど、学校のイスや食堂のイスのようなまっすぐすわるものにはしたくないんだ。少しリラックスしてすわる一〇五度がいいと思う。デスクトップのPCを使うときや会議用に理想とされている背もたれの角度なんだ。ノートパソコンを使うにしても、自分が机に向かって前かがみになるんじゃなくて、ゆったりした姿勢で」

「えっ？」

「あ、ごめん、先に全部説明させて。あとでディスカッションしよう」

梨々は指でオーケーマークを作った。

4．イスの幅は少しゆったりめ

「アームチェアとイスの中間のイメージなんだ」

5. 肘掛(ひじか)けあり

「背もたれと一体化した、この曲線がデザインポイントなんだ」

6. 足のせ台(オットマン)はなし

「なるべくシンプルにしたいから」

「オッケー」と、梨々(りり)。

7. 座面の高さは固定式か、手動で上下

「もし可動式にする場合、どういう方法にするか、まだ決めてないんだけどね。メカニカルなものは見せたくない。とくにガス圧式シリンダーは使わないでやりたいんだ。まあ、ざっとこんなところかなあ」

「わかった。けど」

梨々は身を乗り出した。

「さっきの、ノートパソコン使うときもゆったりした姿勢でって、なに？　講堂とかにある、折りたたみ式の小さなテーブルでもつけるの？」

　ぼくは首を横にふる。

「イス自体は、テーブルなしでいいと思う。折りたたみのテーブルがついているイスって、テーブルを使っていないとき、つまり折りたたんでいるときだけどさ、裏が見えちゃって美しくないだろ」

「うん、美しくない。機能だけって感じ」

　メモの横にスケッチをしながら説明する。

「肘掛けが部分的に広くなってて、タブレットくらいは置けるようにしたいけど」

「ふうん」

　納得のいかない表情で、梨々は首をかしげる。

「そもそもさ、なんでふつうのオフィスチェアを家庭用にアレンジするのじゃダメなの？」

　それはさ、と言いながら、ぼくはオフィスチェアのカタログを引っ張り出して、机の上に載せる。

「たとえばうちみたいな和風の家に、オフィスチェア的なものは、合わないと思うんだ。床は畳や板だし、壁や天井も土壁か板だろ。ここにいきなりこういうイスを入れても、なんかね。たしかにこれとか、カッコいいとは思うけどさ」

有名なオフィスチェアを指さす。

「そうだね。わたしんちは床はウォールナットのフローリングで暗めだし、壁は真っ白。だから黒とクロームメッキのクールなオフィスチェアはけっこう合うけど、ここんちはちがうな。こういう和風の家ってさ、地方に行けばまだまだたくさんあると思うんだよね」

梨々はぼくの部屋をぐるっと見まわす。

「そう。だから、ああいう昇降やリクライニングのメカニカルなものは使いたくないし、木と、せいぜい布だけのシンプルなイスにしたいんだけど」

「それはわかる。毎年入賞してる作品だって、メカのないもののほうが多いよ」

「うん、知ってる。ネットでここ数年の入賞作品は全部チェックした」

「とすると……」

梨々はぼくのスケッチを、分け始めた。

「イケそう」とか「ムリ」と言いながら、ぱっぱと左右により分けている。

「おいおい」

ぼくは梨々の手を止める。

「それじゃほとんどボツじゃん」

「マジで、ムリだもん。真くんさ、センスはいいけど、製造工程とかぜんぜんわかってないんじゃない。こんなの作るとなると大変だよ」

スケッチのひとつの脚を指さして、梨々は言う。「ぜんぜんわかってない」という言葉がグサッと来たけど、本当のことだからしかたがない。

「どうして大変なの？」

「これさ、この細い木でやるの、強度的にムリだと思うよ。前に、あまりイスをやっていないデザイナーさんが、レストラン用のイスにこれに似た脚の図面を持ってきて、さんざんうちの職人さんともめてた。どうしてもやるなら、二重構造にして、内側にメタルのパイプを仕込んで、木の部分は飾りみたいにするか、もっと木を太くするか、ってね」

「木を太くするのはデザインがくずれるから、メタルのパイプを仕込んだんだろ？」

と、自分ならそうしたい願望を言ってみる。

「うん、でもデザイナーさんが選んだ木材の種類は、伸縮（しんしゅく）の激しい不安定な木材でね。メタルとその木材だと、伸縮率がすっごくちがうから、むずかしいの。で、木材の種類を変えなきゃいけなくて。ところがなかなかイメージに合うのがなくて、取り寄せになっちゃって」

「……」

ぼくは梨々（りり）をまじまじと見つめる。

「あなどれないな、梨々って」

彼女（かのじょ）は得意げな顔をした。

「あたりまえじゃん。これでも十歳（さい）のころから工場に出入りしてて、中学一年から設計、木工、鉄工、布張りの全工程で修業（しゅぎょう）してるんだから。みんなは遊びだと思ってるらしいけど、わたしは本気だもん。今は中学生っていうと子ども扱（あつか）いだけど、おじいちゃんは十五歳で本格的にイス制作の工場に弟子（でし）入りして、十八歳で一人前の職人になって、三十歳で海外に修業に行ったんだ。わたしもうすぐ十五歳だからね。ほんとは学校なんか行ってる場合じゃないわけ」

「そっか」

梨々の勢いに圧倒（あっとう）されたぼくは、そっか、しか言えない。情けないな。

「で、真（しん）のアイディアはわかったけど、まだ形になってないって感じだよね。これじゃモデラーとしては、先に進めない」

「うん。そうだね。じっくりアイディアを煮詰（につ）める」

「じっくり……ね。でも言わせてもらうけど」

梨々はいつになく、きつい口調だ。

「もう四月の下旬（げじゅん）だよ。七月上旬には、原寸模型（モックアップ）を写真に撮（と）って、プレゼンパネルを作って、提出しなきゃならないんだよ。その予選を通過できてはじめて、実物を搬入（はんにゅう）して最終選考。だから、プレゼンパネルだって、時間かけてちゃんと作らないといけないでしょ。ってことは、原寸模型（モックアップ）完成させるまでに、あと二か月ちょいしかないわけ」

「うん、知ってる」

「でもデザインがしっかりできてないと、実物大どころか、五分の一模型（モデル）さえも作れない。

一回作ってそれで終わりじゃないんだよ。それから何度もデザイン修正、原寸模型（モックアップ）修正、すわってみる、デザイン修正、原寸模型（モックアップ）修正、すわってみる、のくり返しなんだよ。早くデザインを終わらせてくれないと、間に合わないよ。わたし、プロのモデラーみたいにぱっぱと作れないからね」

早口の梨々（りり）の勢いに押（お）されて、ぼくは少し頭を後ろに引く。

「……うん、わかってる。ごめん」

「あやまんなくていいからさ。デザイン、ちゃんとやってよ。テストの勉強ばっかりやって、プロジェクトのほう、ぜんぜん進めてなかったんでしょ」

カチンと来た。

「テスト期間中だって、いちおうデザインは考えてたよ」

ウソだ。十日間、なにも考えなかった。手だけはスケッチをしていたけど、ただ鉛筆（えんぴつ）を走らせていただけで、じつはまったく考えていなかった。

「もっとデザインに集中してよ。時間がないんだから。あと、図面はまず五分の一模型（モデル）用に描（か）いてね」

なんだか、怒られているみたいで気に入らない。

「たしかに模型を作るのも大変だろうけど、最初のデザイン段階は、もっと重要なんだよ。これはデザインのコンペなんだ。デザインにこそ時間をかけないと。ただ木を削って組み立てるのは時間どおりに進められるだろうけど、デザインはちがう。何時間コツコツやったら必ずできるってもんじゃないんだよ。手じゃなくて、頭を使うんだからさ」

「なにそれ」

「なんか、上から目線じゃん？」

急に梨々が立ち上がった。

「え？」

「デザイナーが上で、モデラーが下みたいな言い方じゃん」

「そんなこと言ってないよ。ただ、デザインはアイディアを出す仕事だから、一日何時間やったら必ず成果が見える手作業とはちがうって話」

「どうせこっちはブルーカラーだよ！　真みたいに頭も良くないしね。わたし帰る！」

「な、なんだよ急に」

梨々はバッグにノートやペンケースを詰めて、ジャケットをはおった。

「おい、ちょっと待てよ」

引き留めるのも聞かずに、梨々はずんずん歩いてじいちゃんに頭を下げると、さっさと帰ってしまった。

玄関のドアがゆっくりと閉まる。ぼくはただ、ぼーっと、それを見ていた。

だんだん、腹が立ってきた。

「なんだよ、あいつ。結局女ってヒステリーだよな。ふざけんなよ」

大きな声で文句を言うと、きびすを返す。

テレビを消したじいちゃんと、目が合った。

「真、ケンカしたのか」

「べつに。あいつが一人で怒っただけだよ。まったく気まぐれなやつさ」

「ちょっとここにすわれ」

じいちゃんが、めずらしくまじめな声を出した。

ぼくは茶の間の畳の上に、あぐらをかいた。

「なに？」

「おまえ、まさかデザイナーが上で、モデラーは下みたいに考えちゃいねえよな？」

「え、そんなこと」

考えたことないよ、と言いたかった。けど、どこかでそんなふうに思っていたかもしれない。ぼくがあこがれているのは建築家やデザイナーだ。モデラーじゃない。もしかして、気がつかないうちに、梨々を傷つけるようなことを言ったのだろうか。

「へっ、顔に出てらぁ。頭がおまえで、梨々ちゃんは手足か？　そりゃたしかに仕事の分担上はそんなふうに考えるかもしれねえ。ま、本物のモデラーは頭もかなり使うけどな。真、頭だけでっかくなったって、ろくなもんできねえぞ。それに、職人を怒らせるようなデザイナーに、ろくなやつはいねえんだ。一流のデザイナーは、そんな態度で職人にあたらねえよ。仕事はフィフティ・フィフティだ。どっちが上も下もねえぞ。ちゃんとあの子んち行ってあやまってこい。あんないい子、いねえぞ。まだ中学生だってのに、いろいろよく知ってらあ。ありゃ、すげえモデラーになるぞ」

「……」

あやまりたいような、あやまりたくないような。

たしかに変なことを言ったかもしれない。けど、あんなふうに帰っちゃうなんて、大人げないだろ。十歳(さい)の力(りき)だって、あんなことしないぞ。

「なんだ、ふてくされてんのか。そんじゃ聞くが、おまえ一人でできんのか？」

「そりゃ、できないよ」

「だろ？　ほんとはな、イスのデザイナーってのは、模型(モデル)くらい自分で作れんだよ。原寸模型(モックアップ)まで自分で作る人もいるぞ。おまえの好きなイームズ夫妻なんか、ひとつのイスを作るのに、原寸模型(モックアップ)を五十も百も作ったらしいぞ。おまえにそれができねえなら、あの子に頼(たの)むしかねえだろ」

「……わかってるよ」

ぼくはじいちゃんの目を見ることができない。

「いいか。よっく聞け。おまえさっき、一〇五度にしたいって言ってたな。いい角度だ。軽く寄りかかるのにいいあんばいだ。人間関係だってそうだぞ。そりゃな、九〇度なら一人で立ってられる。けど、人間関係はそれじゃうまく行かねえんだよ。かといって、ソファや寝椅子（シェーズロング）みたいにごろっと寄りかかるのも、良くねえ」

「どういう意味？」

ぼくはやっと、じいちゃんの目を見た。

「つまりな、そんな具合に思いきりだれかに寄りかかると、相手が支えきれなくなっちまう。ちょいと寄りかかる程度がいいんだ」

「……」

「でな、向こうも困ったら、こっちにちょいと寄りかかる。向こうとこっちで寄りかかり合って『人』って漢字ができてるみたいだろ。人間なんてのは、だれだってだれかに寄りかかって生きてんだよ。一人で直立してるやつなんて、いやしねえ。わかるか？　おまえは今、あの子にちょっとどころか、かなり寄りかかってんだよ。なのに、直立して一人で立ってるような顔してやがる。わかるか？」

じいちゃんの言葉を、頭の中でくり返した。ぼくはたしかに、梨々（りり）に寄りかかっているかもしれない。梨々が今抜（ぬ）けたら、ぼくはすぐに倒（たお）れるだろう……。

突然（とつぜん）、すべてを理解できた気がした。

そうか、一〇五度どころじゃなくて、ぼくは思いっきり梨々に寄りかかっているんだ。しかも梨々が寄りかかってくることはない。なのに、ぼくはえらそうに、一人で直立してるみたいにふるまった。職人は黙ってろ的な、独裁者みたいな態度だったかもしれない。

それって、まるでオヤジそっくりじゃんか。

「……わかった」

「わかりゃいい。ほれ、さっさと行けって」

ぼくはうなずくと、財布とスマホをつかんで走り出した。

梨々はまだ駅にいるだろうか。

走っていったけど、駅にはもう梨々の姿はなかった。

戸越銀座駅で降りて、スマホのナビを頼りにセーディア社を目指して行く。

駅からけっこう離れた、小さな工場や会社が密集しているところに、大きな白亜のビルがどん、と建っていた。幅の広い五階建てで、壁に凝った彫刻がほどこされている西洋風の建物だ。

じいちゃんの話から想像してはいたけど、こんなに大きな会社だったのかと、正直びっくりした。ホームページにはショールームの写真しかなかったから、もう少し小さな会社を想像していた。

まさか中学生がいきなり会社に乗りこむわけにもいかないだろうけど、表玄関(おもてげんかん)には電気がついている。土曜日でもショールームは開いているって梨々が言ってたから、ここに行けば梨々の家を教えてもらえるだろうか。会社のすぐそばの一軒家(いっけんや)に住んでいるはずだけど、左右には会社風の建物がずらっと並んでいて、一軒家はまったく見えない。

セーディア社の表玄関の前をウロウロしていると、「きみ、どうしたんだね？」と後ろから声をかけられて、びっくりした。

「あ、す、すみません。べつにあやしいものでは……」

って、ぼくはなにを言ってるんだろう。

「はっはっは。おもしろい子だな。土曜日だから事務所は休みだ。ショールームは開いているが、入りたいかね？　ああ、もしかして梨々の同級生かな？」

楽しそうに笑った白髪(しらが)のおじいさんは、どこかで見たことがある。そうだ、ホームページで見た、創業者の早川宗二朗(はやかわそうじろう)さんだ。

「あ、はい。三年A組の大木戸真です！」

緊張してしまう。

「こっちに来なさい。住まいは裏だ」

とても七十代とは思えないほど若々しい早川さんは、すたすたと先を歩いていく。

早川さんは建物の裏の小道から入るようになっている住居のインターホンを押すと、

「じゃ、わたしは仕事があるので。ゆっくりしていって」と言って、小走りに来た道をもどっていった。

ぼくは、梨々にどうあやまったらいいか考えないまま来てしまったことに気づいた。

「あ、あの、梨々さんと同じ中学の大木戸と申しますが」とインターホンに向かって言うと、ガチャッと玄関のドアが開いて、梨々が顔を出した。手招きをしている。

門を入り、玄関に着くまでのあいだに、なんと言おうか考えた。でも、うまい言葉が見つからない。とにかくあやまろう。

ドアから中に入り、梨々を間近に見てすぐに「さっきはごめん」と、あやまった。タイミングを逃すと、言えなくなりそうだったから。

梨々はしばらく黙(だま)っていたけど、「許す！」と、大きな声で言った。

「っていうか、自分でもなんであんなにムカついたのか、わかんないんだ」

そう言うと、梨々は下を向いた。

「わたしさ、悔(くや)しかったんだと思う」

ふうっとため息をつくと、梨々は玄関の上がり口にすわった。

「じつはね、テスト前の十日間、わたしもめずらしく勉強したんだよ。かなり一生懸命(いっしょうけんめい)ね。でも、学年で八十五番だった。なのに編入したばかりでハンディがあるはずの真が学年で五番。わたしよりずっと頭がいいんだなって思った。そこにデザイナーは頭、モデラーは手みたいなこと言われたから、ついキレちゃった。こっちこそごめん」

まさか梨々にあやまられるとは思っていなかったぼくは、かえってうろたえた。

「いや、オレの態度、無意識のうちに上から目線だったんだと思う。じつはさ、あのあとじいちゃんに説教されたんだ。オレは一人で立ってますみたいな顔してるけど、梨々にどっかり寄りかかってるって。すごくこたえた」

梨々は顔を上げると、いつもみたいにクスッと笑った。

「だよねえ！」

急に明るい顔になった梨々は、靴をはいて、「さあ、行こう」と言った。

「どこに？」

「急ぎの注文があって、工場は今日も仕事をしてるんだ。見学してみたいでしょ？」

「えっ、マジ？」

ぼくは急にウキウキしてきた。


工場は、想像とぜんぜんちがう感じだった。てっきり、青白い蛍光灯で照らされた、機械オイルの匂いがただよう暗い場所を想像していた。自動車の修理工場じゃあるまいし、と梨々に笑われたが、まったくそのとおりだ。ぼくはイスの工場を見たことすらなかった。

セーディア社の工場はものすごくきれいで、設計、原寸模型や試作品の調整、強度や品質検査、鉄工、木工、塗装、布張りなど、作業によってそれぞれの部屋に分かれていた。全部ガラス張りで、通路から中が見えるようになっている。職人さんたちは、みなセーディア社のロゴ入りの青い作業着を着ている。

材料室も、材質や色別にきれいに仕分けしてあって、まるでお店のようにきちんと整理されていた。工場や工房というと、材料が散乱しているイメージを持っていたぼくは、自分がいかに無知だったか思い知らされた。

布をカットするのは大きなコンピュータ制御のレーザーで、小規模なのに、びっくりするほど先進的な工場だ。

ぼくは口を「あ」の形に開けたまま、各工程を見せてもらっていた。

調整室では、早川宗二朗さんが、やはり同じ作業着を着て図面台に向かっている社員に、指示を出していた。

早川さんのとなりにいる私服の人は、雰囲気からして、たぶん外部のデザイナーだろう。二人は原寸模型に交互にすわり、肘掛けの角度や高さ、幅を調べ、座面のクッションを確認し、背もたれをリクライニングさせ、背中と肘の関係をチェックしていく。

二人は話し合い、たがいに妥協しない感じだ。どちらが上でも下でもない。プロとプロがぶつかり合い、同じ目的に向かって突き進むすさまじい熱気が、むんむん立ちこめているように見えた。

ぼくは自分が恥ずかしくなった。

なにがデザイナーは頭でモデラーは手だよ。勘ちがいもいいところだ。

職人さんたちの目つき。手際のいい仕事ぶり。美しく仕上がっていくイス。

ぼくは熱病にかかったように、ただぼーっと見続けた。

「どうしたの、目が赤いよ。もしかして、カンドーしてる?」

と、梨々にからかわれたとき、ぼくは素直にうなずいた。

「オレ、マジで感動してる。見せてくれてありがとう」

梨々はゲラゲラ笑うと、ぼくの背中をバシバシたたいた。すごい力だ。

「どういたしまして。カッコいいでしょ、うちの職人さんたち。あと、おじいちゃんがああやってデザイナーさんにアドバイスしているとき、ほんっとプロだと思う。あの若手のデザイナーさん、今テレビとかにも出ている、けっこう有名な人なんだよ。でも、おじいちゃんの長年の経験からの『こうしたほうがいいかも』アドバイスを採用して、デザインをアレンジすることもけっこうあるんだって。持ちつ持たれつの感じなんだよね。そうやって、すっごくいいイスができあがるんだよね。なんかステキだと思う」

うんうん、とぼくはうなずいた。持ちつ持たれつ。じいちゃんの言っていたやつだ。たがいに一〇五度くらい寄りかかり合う人間関係。

「オレ、頼りないけど」と、梨々には届かないような声でぼくは言った。

「寄りかかりたいときは寄りかかってよ。オレばっか梨々に頼っているんじゃ不公平だし。イスだけじゃなくて、なんていうか、その、もしオレにできることがあれば……」

イスについてぼくが梨々より知っていることなんて、ないと思う。だからせめて、なにかほかのことで少しでも彼女に寄りかかってもらわないと、ぼくたちの一〇五度の関係は成り立たない気がする。

「ほんと？」

聞こえてないかと思ったら、しっかり聞こえていたらしい。

「中間テストの前、勉強を教えてくんないかな」

ぼくは大きくうなずいた。

10

反抗心と好奇心

「なんだこれは！」

玄関に入るなり、オヤジの威圧的な声が耳に届いた。ぎくりとした。

日曜日の朝、かあさんに頼まれてコンビニに行っているあいだに、オヤジがぼくの部屋に入ったらしい。じいちゃんの部屋を通らないと入れないため、めったに足を踏み入れることがないのに。たまたまじいちゃんがトイレにでも行っていたのかもしれない。

ぼくはいやな気分で自分の部屋に向かう。

机の上に広げたスケッチをそのままにしていた。きっとそれを見て怒鳴ったにちがいない。

「いったい真は、毎日なにをしているんだ！」

「あ、あのさ」

恐る恐る大きな背中に話しかけると、机の上を見下ろしていたオヤジがふり向いた。身長が一八五センチもあって肩幅も広いオヤジは、立っているだけで威圧感がある。

「真、なんだこの絵は。おまえはまさか、じいさんみたいにイス屋になろうってんじゃないだろうな？」

「……」

「黙ってちゃわからん！」

「ただの遊びだよ。暇つぶしっていうか……」

コンペに参加することを悟られるのはまずい。

ぼくはなんとかごまかそうとした。

「暇つぶしだと？　わたしをバカにしているのか？　これが単なるお遊びのレベルじゃないことは、見ればわかる。おまえ本気でやってるな？　中高一貫校に入ったってのは、そういうことのためだったのか？」

「ちがうよ！」

「口答えするな！」

ぼくは黙って机の上のスケッチをかたづけ始めた。

「いいか。おまえには一流大学に行ける頭がある。このまま勉強すれば、T大だって夢じゃない。なのに、なぜわざわざあぶない橋を渡りたがるんだ？　力は、オレたち親が一生めんどうをみてやらんといけないかもしれない。それはしかたがないことだ。あの子は体が弱いし、勉強もできない。休んでばかりだからしかたがないがな。しかしおまえは出来がいい。体力も根性もある。明るい未来をわざわざつぶすなと言っているんだ」

「とうさんの言う明るい未来と、オレの描く明るい未来はちがうんだよ」

「じゃあなにか、おまえはこうやって好きなイスの絵を描いて、家族を養って楽しく生きていけると思っているのか？」

スケッチを集めるぼくの手が止まった。それはぼくにもわからない。イスをデザインして食べていけるのだろうか。

「いいか、よく聞け。今おまえは、わたしをうるさい親だと思っているだろう。だが、いずれ必ず、あのとき道をまちがえなくて良かったと感謝するはずだ。クリエイターの道はやめろ。まだ間に合うぞ。今のうちに方向を変えるんだ」

ぼくはこぶしをぎゅっとにぎった。

殴りかかりたい気持ちを必死に鎮める。

殴ったところで、負ける。万が一勝ったところで、なにも解決しない。

「……自分の人生は、自分で決めるよ」

「なんだと？　親に食わせてもらって、えらそうなことを言うな！　そんなセリフは、独り立ちしてから言え！」

ぼくたちの言い合いを聞いて、かあさんがあわてて走ってきた。

「真、いいかげんにしなさい！」

かあさんの言葉に、ぼくはイラっとした。

「なんでかあさんまでそんなことを言うんだよ！　この家はなんでもかんでも、とうさんの独裁主義だ。稼いでるからってえらそーにしてるけど、とうさんだって子どものころは、じいちゃんのイスの仕事のおかげで育ったんだろ。この家だって、じいちゃんが昔建てたものだろ。家事はかあさんに全部頼ってて、一人じゃみそ汁も作れないし、アイロンだってかけられないくせに。自分だけがえらいわけじゃないだろ！」

初めてオヤジに、真正面から怒鳴りつけた。

ほとんどヤケクソだ。

「生意気言うな！」

「おいおい、どうした？」

壁伝いにそろそろ歩いてもどってきたじいちゃんが、目をしばたたかせていた。

「おとうさん、あなたが真を仕込んだんですか？　この子をイス屋にさせたいんですか？」

オヤジは机の上のスケッチの束をわしづかみにすると、数歩前に出て、背中を丸めて小さくなってしまったじいちゃんを見下ろした。

じいちゃんがオヤジの半分しかないように見えた。

「いや、そんなつもりはねえよ。ただ、さ、この子は熱心でねえ」

自分のイスにすわろうとしているじいちゃんをかあさんが手伝おうとすると、じいちゃんは右手をひらひらとふって、「いや、大丈夫、大丈夫」と断った。ものすごく時間をかけて一人ですわろうとしている。そのあいだ、全員が黙っていた。

本当はもう少し速くすわれるのを、ぼくは知っている。じいちゃんの好きな、時間稼ぎってやつかもしれない。

ドサッ。

じいちゃんがすわったとたんに、オヤジは正面にまわって、もう一度聞いた。

「真をイス屋にさせたいんですか？」

「いやいや、そんなこたぁねえって。今どきイス屋になることがどんだけ大変か、オレが一番よく知ってらぁ。けど、いいじゃねえか、趣味(しゅみ)でやるくらい。この子はさ、テレビゲームもスマホもいじらないで、スケッチしてるんだ。こんな健全な趣味はねえだろ。ストレスを発散するのに、好きなことをしてなにが悪い？」

じいちゃんはゆっくりと話す。

オヤジは手にしていたスケッチの束を、じいちゃんの前に突(つ)きだした。

「おとうさん、あなたはプロだったんだから、わかるでしょう。このおびただしいスケッチの量や技術は、中学生の趣味というレベルじゃない。プロを目指す本気のレベルにしか見えませんがね」

じいちゃんは返事をしない。

ぼくのほうからは、じいちゃんの背中しか見えない。

「じいちゃんのせいにするのはやめてくれよ！　ぼくが勝手にイスのデザインを好きになった。ただそれだけだよ！」

「いいか、真」

じいちゃんの部屋の窓から入ってくる逆光で、オヤジの顔は黒い。表情が見えないのが、よけいに怖い。

「わたしはおまえのためを思って言ってるんだ。イス屋とかデザイナーとかはやめろ！絶対に許さん！」

「許してほしいなんて思ってないよ！」

今すぐ走っていってオヤジにつかみかかりたかった。でもぼくは、ただ机の上に残っていたスケッチをバサッと床にまき散らした。それが精いっぱいの抵抗だった。

「ちょっと、真もおとうさんも！」

めずらしくかあさんが声を上げた。

「二人とも、いいかげんにして！　あなた、この子はテスト前、毎晩遅くまで勉強をしていたのよ。見ているほうがつらくなるくらい、そりゃもうがんばってたわ。だから良い成績を取れたのよ。たかがイスの絵を描くくらい、どうしてダメなの？」

「趣味のレベルを超えているからだ。プロを目指すのはやめろと忠告しているだけだ」

オヤジは急に声のトーンを落とした。かあさんよりずっと年上でいつもは独裁的な態度のオヤジだが、小柄で温和なかあさんがたまにこうして意見を主張し始めると、少し引く。かあさんはオヤジのように怒鳴ったりしないけど、絶対にゆずらない性格だからだ。

「それから真」

かあさんはぼくをじっと見る。

「親の保護下にある限り、親の言う事を聞くのは、しかたがないことなのよ。おとうさんだって、イジワルで言ってるんじゃないの。モノ作りの道が険しいのをよく知っているから、反対してるのよ。おとうさんの気持ちもわかってあげて。趣味でやるなら好きにやりなさい。大学まではまだ時間があるんだから、進路はゆっくり決めましょう。ただし成績を下げないこと。それが条件。おとうさんはおとうさんで、あんまり真を追い詰めないでください。それでいいかしら、二人とも？」

オヤジとぼくはうなずかない。

しばしの沈黙のあと、オヤジは口を開いた。

「大学受験なんて、あっという間だぞ」

「……」

「わたしの高校時代の友人に、美大に行ったやつが二人いる。このあいだ同窓会で話したばかりだ。一人はプロダクトデザイン事務所をやっている。その道じゃけっこう知られた名みたいだが、苦労が絶えないらしい。もう一人は大手の広告代理店でアートディレクターをやっていたが、会社が倒産した。クリエイティブ系というのは、四十歳を過ぎていると再就職がむずかしいらしい。今は食品会社で社内報を作ってる。二人に話をつけてやるから、話を聞きに行ってこい。おまえと話し合うのはそのあとだ」

言いなりになるのはいやだった。こっちのやる気をなくさせるための悪いケースに決まっている。でも、デザインのプロと話したことがないのも事実だ。会って話を聞きたい。好奇心は、オヤジへの反抗心を上まわった。

ぼくは渋々うなずいた。

「よし、じゃあむこうの都合を聞いて、アポを取ってやる。二人とも都内だ。一人で行ってこい。わたしがいると、むこうも本音を言えないかもしれんからな」

オヤジは、手にしていたスケッチの束をぼくの机の上に無造作に放り投げ、じいちゃんにちらっと目をやると、不機嫌(ふきげん)な顔つきでドスドスと茶の間(ま)を横切っていった。

ぼくは、床(ゆか)に散在したスケッチを拾い集める。悔(くや)しかった。

オヤジの言う事にもたぶん一理ある。

それがわかっているから、よけいに悔しい。

「真(しん)、あせるこたぁねえぞ。人生の道ってぇのは、たくさんに枝分かれしてるんだ。けど、おまえはまだその分岐点(ぶんきてん)にさえたどりついちゃいねえ。たった十四歳で、そんなに悩(なや)むこたぁねえよ」

リモコンを押(お)しながら、じいちゃんがぼそっと言った。

「じいちゃん、オレ来月十五になるよ」にじみ出そうになる涙(なみだ)をなんとかこらえる。

どんなに好きでも、どんなに努力しても、好きなことを職業にして暮らしていくことはできないのだろうか。

11 デザイン業界

スタジオ・テラダは、地下鉄の表参道(おもてさんどう)駅と青山(あおやま)一丁目駅のあいだを少し入ったところにある。

騒(さわ)がしい青山通りから細い道をちょっと入っただけで、閑静(かんせい)な住宅街になる。低い建物が並んでいて、ここが東京のど真ん中か？ というくらい静かだ。

スマホで位置をたしかめながら進むにしても、建物はどれも似ているし、番地が見えないところも多くて、けっこうわかりづらい。

目当ての建物を、やっと見つけた。表側にはストイックなデザインのファッションブティックと、お洒落(しゃれ)なカフェが入っていて、ぼくには近寄りがたい雰囲気(ふんいき)だ。

建物の中に入ると、ガラス張りの中庭のような空間があった。たしか、アトリウムというやつだ。奥に進むと、道路と反対側の一階に、STUDIO TERADAと書かれてある黒地のプレートを見つけた。

寺田さんは家具や内装のデザインスタジオをやっている。土曜日の午前中の三十分くらいならいいと言われて、ぼくは一人でやってきた。

かなり緊張しているぼくは、家で練習してきたあいさつを頭の中でくり返す。

ブザーを押すと、すぐにガチャッとドアが開いた。髪をショートボブにした若い女の人で、歩くたびにポキポキ音がしそうなほど、痩せて顔色の悪い人だった。

「大木戸真くんですね。どうぞ」

こっちが自己紹介をするより早くそう言われて、ぼくはただ頭を下げた。

ゆったりとしたジャズが聴こえている。エントランスは吹き抜けになっていて、白い壁に、コンクリート打ちっぱなしの床。窓にはシルバーグレーのブラインド。無機質な雰囲気。

マックが載っている白いデスクが並ぶ部屋を通り抜ける。すわっている数人は、ちょこちょこと頭を下げながら歩くぼくをちらっと見て、軽くあごであいさつをして、マックに向かって仕事を続ける。ぼくは案内されて、真っ白い鉄骨階段を上る。

「いらっしゃい。おっ、オヤジさん似で背が高いね」

立ち上がった寺田さんは、ぼくより小柄だった。口ヒゲとあごヒゲがサマになっていて、着古したブルージーンズにライトグレーの衿なしシャツを着ている。オヤジと同い年とは思えないほど、若々しい雰囲気だ。

持たされたお菓子を渡す。

「ありがとう。気を遣わなくてもいいのに」

「いえ、おいそがしいところ、すみません。父がよろしくと言っておりました」

練習してきたとおりに、あいさつをする。

「オヤジさん、心配してたよ。気やすくクリエイティブ方面に行こうとしているらしいから、カツを入れてやってくれって。一生懸命オレとのアポまで取って、いいオヤジさんだよね」

とんでもない、と言いたくなったけど、おとなしくうなずいておいた。

勧められてすわろうとして、「あ、イームズのアルミナム・チェアだ」と思わずつぶやくと、寺田さんが「へえ！」と驚いた。

「よく知ってるね、まだ中学生なんだろ？」

「はい。三年です」

「そっか。噂にたがわず、イスマニアってことか。じゃ、時間もあまりないことなので、ぼくの自慢話と苦労話でもしようか」と言われて、うなずいた。

すぐに話を聞きたい。時間は三十分しかない。

さっきの激痩せのおねえさんがコーヒーを持ってきてくれたから、「すみません」と頭を下げる。

「オヤジさんの話によると、きみは成績優秀で将来有望なんだってね。名門大学に行って、官庁勤めとか一流企業に入るのも夢じゃないって言ってたよ。なのに、イスのデザインをやりたいらしいから、どうしたらいいものかって」

ぼくは、そんな失礼なことを言ったオヤジが恥ずかしくなった。

「デザイナーさんにすごく失礼な言い方ですよね。すみません」

ふふ、と寺田さんは小さく笑った。

「気にしないでいいよ。まあ、正直言って、ぼくたちの時代とちがって、今の時代はクリエイティブ系の就職はけっこう厳しいと思うよ」

「……はい」

「昔だって、デザインを学んだ人全員がデザイナーになったわけじゃないけどね。なったらなったで、いろいろ大変だし。ぼくの美大の同級生で、大手の家電メーカーのインハウス・デザイナーになった人が何人かいる。ある程度の年齢になると、デザインの実務はやめて管理職になるんだけど、どんなに優秀でも、美大出身だと、めったに会社の役員とかにはなれないらしい。かといって、もう現場のクリエイターでもない。どっちつかずで、すごく苦しんでるよ」

寺田さんはそこでコーヒーをすする。

インハウス・デザイナーっていうのは、たしか企業の中のデザイナーのことだ。美大出身だから、ある意味技術者として扱われ、才覚があっても会社の経営にはタッチできないってことなのか。じゃあ経営していくのはだれだ？　経済とか法律を学んだ人なのか？　なんだかそれって、納得できない。でも、ぼくだったら、それよりデザインに直接関われなくなることのほうが、つらいかもしれない。

「しょっぱなから落ちこむような話でごめんね。まあ、そんな会社ばかりじゃないとは思うけど。あ、コーヒーどうぞ」

と、勧めてくれたから、スティックシュガーを一本入れて、かきまぜた。

「とりあえず一方的に話をするよ。なんかわからないことがあったら、あとで質問して」

うなずいて、ぼくもコーヒーをすする。

ものすごく香りのいいコーヒーだ。こんなの飲んだことがない。

「ぼくは最初の十年は大きなデザイン会社で働いて、三十二歳のときに独立した。まあまあうまくいっているほうだと思うけど、大変といえば大変かな。こんなふうに、土曜日も仕事ってことが多いんだ」

ぼくは黙ってうなずく。

「従業員は十人しかいなくて、それも正社員は三人だけで、ほかはアルバイトや契約社員だ。いつメインの依頼主から仕事を切られるかわからないし、社員の能力は毎年上向きとは限らないからね。アイディアはぼくが出すから、コンピュータで絵や図面を描いたり模型を作ったり、いわば作業をしてくれる人を優先して雇うわけだけど、ソフトはどんどん新しくなるし、若くて仕事の速い人のほうがいい。使えなくなると契約を切るしかない。経験を積めばいいという世界でもないしね」

コーヒーカップを置こうとしていたぼくの手が、止まる。

「正直言って、年を重ねて給料が高くなってくる人より、新しいソフトにもすぐに順応してくれて、安月給でもバリバリ仕事してくれる若手のほうがありがたいんだよね」

厳しい世界なのはわかっているけど、淡々と言う寺田さんが、ちょっと冷たく見えた。

そっと、カップをソーサーにもどす。

「あ、ひでえ男だと思ってるでしょ。ま、こんなもんよ、この業界」

「……はい」

「うちもね、みんな美大を出た優秀な人たちだけど、ぼくにコキ使われてる。残業のない日はないし、アルバイトの子も時給じゃなくて月給制で、残業代はつかない。仕事がうまくいったときはボーナスを随時出してるけどね。ぼくはね、いちおうこれでも――」

寺田さんは、本棚にあった雑誌を数冊ぼくに渡した。

付箋のついたページを見ると、寺田さんのデザインスタジオの紹介記事だったり、インタビュー記事だったり、作品が大きく掲載されている。どうやら、オヤジが言っていたとおり、デザイン業界ではかなり名の通った人なんだろう。

「まあ、そこそこ名の売れているデザイナーなんだよね。うちは家具のデザインや店の内装なんかをおもにやってるんだ。ほら、こういうのとか」

寺田さんは、作品がたくさん載っているページを見せてくれた。

それらの作品はどれもスタイリッシュでカッコよかった。でも寺田さんのイスのすわり心地を試せないのは残念だし、自分のスタジオにイームズのイスを置いているのは、なぜなんだろう。そのほうが無難だから？　それとも自分のデザインしたイスはすわり心地が良くないとか？

なんでこういやなことを考えるんだろう。

「すごいですね……」

もっとましな言い方があるんだろうけど、それしか思いつかなかった。

「ありがとう。でも、最近はうちよりずっと見積もりを低く出す若手のデザイナーがどんどん出てきて、けっこう苦しくなってきてるんだ。人件費もかかるし、事務所の家賃もかかる。コンピュータやソフトを買い替えるのもお金がかかる。だから仕事が来れば断れない、休めない。仕事がなければないで、今度は開拓しに走りまわるしかない。というわけで、いつもすごくいそがしい。しかも」

寺田さんは片肘をついてコーヒーをすする。その姿勢までもが絵になる人だ。

「残念ながら、いつもおもしろい仕事をできるというわけでもない。予算や時間が限られていて、今までのデザインをちょっとアレンジした程度にしてくれ、みたいな依頼とかね。どんな依頼内容か、想像できるかな？」

ぼくは、すわっているイスを見ながら、しばらく考える。

「もしかして、たとえば、イームズのこのアルミナム・チェアみたいな感じで、もっと安く作れるイスをすぐにデザインしてほしい、みたいなことですか？」

寺田さんはクスクス笑った。

「鋭いね。そう、そんな感じ。ぼくにもデザイナーとしての誇りと意地があって、断りたい。でも社員に夏のボーナスを出してやりたい。だからそんな依頼でも受けてしまう。でも、たとえばそういう依頼内容だったとしても、だれかのデザインをパクるなんて死んでもやりたくないから、雰囲気（ふんいき）は似せても、あくまでもちがうデザインで安く作れる別物を、必死に考えるんだけどね」

ぼくは小刻みに何度もうなずく。

「素材も製造技術もコストも販売網（はんばいもう）も全部自由です、みたいな仕事はあまりない。というか、まずないな」

「えっ、そうなんですか」

「ああ。たえず、依頼主（クライアント）の好みや流通事情や予算や期限や素材や製造方法なんかかっていう、がんじがらめの条件に縛（しば）られて、その中でどう料理するか、みたいなことなんだ。問題を出されてそれを解決する。デザインというのは、そういう仕事だと思ってるよ。どう、きみが想像しているデザインとは、かなりちがうんじゃないかな？」

なんと言っていいかわからなくて、ぼくは「えっと」のあと、言葉に詰（つ）まった。最初から自由にやりたい放題、というものじゃないことはわかっていた。でも、寺田さんが言うがんじがらめの条件というのは、ほとんど解決策を見つけるのが不可能な感じにさえ思える。

「あの、なんか、頭が混乱してて……」

「そりゃそうだよね。中学生相手に、あまりにも現実的なことを言いすぎたな」

「いえ」

あわてて首を左右にふる。そういう話を聞きたくて来たんだ。楽しくて楽しくて、好きなことを好きなようにやって儲かる最高の商売さ、なんて話のはずがないんだから。

「あの、質問してもいいですか？」

「どうぞ」

「寺田さんは、なぜこういう道に進んだんですか？」

「あ、それはね」

寺田さんは、はっはと笑った。

「それしか選択の余地はなかったんだよ。ガキのころから、ペンやおもちゃを分解して、中はどうなってるんだろうって、気になってしかたがなかったんだ。こうすればもっとカッコよくなるぞとか、さらに使いやすくなるぞって、勝手にアレンジしてね。そんなことばっかりしていたデザインオタクのガキだったのさ。この道に進むしかなかったわけ。だから、なんていうのかな、もう来るべくして来た道なんだよ」

寺田さんの言葉は、ぼくの耳から入って、じわじわと体の中に充満していった。

なんか、すごくわかるんだ。その感じ。

来るべくして来た道。

「あ、まずい。こんなこと言うと、オヤジさんに怒られるな。まあ時代もちがうしね。ぼくの新卒時代は好景気で、売り手市場だったんだ。それでも、ぼくの美大の同級生でデザインを続けている人は、半分もいない。あとはぜんぜんちがう仕事についているよ。最初からちがう道を選んだ人もいるし、途中でもっと好きな仕事を見つけたり、うまくいかなかったり、体をこわしたりと、いろんなケースがある。残念ながら、成功するかどうかは、努力次第ってわけじゃないんだ。運や才能やタイミングや、人とのつながりや、いろんな要素が左右する」

ぼくは、ただうなずく。想像以上に大変な世界だ。

「成功したらしたで、たえず競争の世界なんだ。批評家やらブロガーやらにビシバシたたかれる。たとえプロにすごく評価されても、売れなきゃ意味がない。コピーもされる。ぼくのデザインしたものとそっくりのものが、出まわっていたりする。もちろん意匠登録はしていたけどね。ぼくの依頼主であるメーカーさんがコピーした会社を訴えるでしょ。すると、その外国の会社はさっと倒産する。そしてまた次の会社を作って、同じものを売る。訴える、逃げるの追っかけっこさ。だけど、裁判もお金がかかるから、しまいにはあきらめるしかなくなる。しかも値段がひとケタ少ないから、コピー物のほうが売れちゃったりしてね。ま、そんなもんだ。よくある話だよ」

ひどい世界だ……。そんなやつらがゴロゴロしているのか。

ぼくは半開きになっていた口を閉じて、つばを飲みこんだ。

「あの」

ぼくは大胆な質問をしようとしていた。手に汗がにじむ。

「あの、それでも、やめないのはなぜなんですか?」

寺田さんはニヤッと笑った。

「やめられるものなら、スッパリやめてもいいんだけどね。ぼくの脳みそはノンストップで、朝も昼も夜も、夢の中でさえも、なんかしらデザインを考えている。やめられないんだ。やっぱりおもしろいんだよね。ほとんど病気さ。前の奥さんに離婚され、新しい奥さんにも相変わらずめったに会えない生活だ。でも、本人にこの病気を治す気がないんだから、しかたがないよね」

寺田さんは腕時計を見た。そろそろ時間なんだろう。

「せっかく来てくれたのに、ごめんね。月曜日にプレゼンがあっていそがしいんだ。また今度、時間があるときにランチでもしにおいでよ。なんだかぼくの若いころを見ているようで、楽しかったよ。ゆっくり、じっくり考えて、きみの道を見つけてね」

「はい。ありがとうございました！」

部屋を出て玄関へ向かっているとき、後ろから歩いてきた寺田さんが、「あ、そうだ」と、思い出したように言った。

「もしイスに興味があるなら、工業デザインというよりも、建築を学んだらどうだろう。世界の歴代のイスのデザイナーも、建築家が多いんだよ」

ぼくは玄関でふり返った。

「はい。チャールズ・イームズやジオ・ポンティもそうですよね」

「そう。ポンティはそもそも建築家だったし、イームズも建築を学んだ。イスっていうのは、居住空間の中にあってなんぼのものだと思うんだ。イスだけが自己主張をして独立した存在だってことは、あまりないからね。ふつう、屋外でも屋内でも、商業スペースでも家でもいいけど、ほかにもいろいろなものがある空間に置かれているでしょう。なにもない真っ白いところにイスだけがぽつん、なんてことはまずない。もし、きみがイスとか家具にだけ興味があるなら、建築やインテリアデザインを学ぶのもひとつの手だよ」

ぼくは大きくうなずいた。

たしかにそうだ。好きなイスのデザイナーのほとんどが建築家なのに、どうしてぼくは建築を学ぶという事を視野に入れなかったんだろう。

「あ、なんだか最終的にはきみを応援しているみたいになっちゃって、まずいなぁ。とにかく、まあ、よーく考えてね」

深々と頭を下げて、ぼくはスタジオ・テラダをあとにした。

ぼくにあきらめさせるためにこの機会を作ったオヤジには悪いけど、ぼくはあきらめるどころか、ますます確信し始めている。デザインを学ぶべきなのか、建築を学ぶべきなのかは、まだわからないけど。

とにかく、デザイナーという職業が大変なのはわかった。たとえ才能があって、さらに努力しても、報われないことも多いらしい。

しかも、若いころは搾取され、歳を取れば解雇される可能性も高い。労働時間の長さとリスクだらけの割には、安定しない収入だったり。

時間をかけて必死にデザインしても、簡単にコピーされて泣き寝入りになることもあるみたいだ。

それでも、もしそれがぼくにとって「行くべくして行く道」なのだとしたら?

それを知っているのは、ぼくしかいない。

12 クリエイターの知られざる人生

次のアポは、吉野さんだ。土日は家族サービスらしくて、ぼくは吉野さんの自宅に近いＪＲ中野駅まで行った。午後から家族と出かけるからランチの時間ならいいと言われて、オヤジが駅の近くの中華レストランを予約してくれた。

店の前でスマホをいじっていると、「真くん？」と、声をかけられた。

目の前に、ひょろっとしたおじさんが立っていた。

「あ、大木戸真です。はじめまして」

「はじめまして。吉野です。いやあ、おとうさんの若いころによく似てるなぁ」

ぎょっとした。オヤジに似ていると言われることほどいやなことはない。

「あの、父からこれを渡すように言われました」

封筒を差し出すと、吉野さんは「お、ワイロか？　なんちゃってね」と言いながら封筒を開けて、中から食券を二枚とメモ用紙を引っ張り出した。

「『うちのバカ息子にクリエイターの人生がいかに厳しいかを教えてやってください。会社でもらった食券を同封します』。へえ、ここの中華、おいしいんだよね。特上コースのランチだって。あいかわらず気の利く男だなあ。じゃ、お言葉に甘えて、入ろう」

あいかわらず気の利く男？

なんとなく腑に落ちないまま、ぼくは吉野さんのあとに続いて店に入った。

「きみのおとうさんはね、高校時代、成績優秀でラグビー部の主将、しかもこんなふうに気が利くし、そりゃもうカッコいい男だったよ」

「はあ」

オヤジはよほど外面がいいんだろう。家では、気が利くなんてことは、絶対にない。

「勤め先は新橋なのに、そんなに都合よく、オレんちの近くの店の食券を会社でもらったわけないじゃない。きっとわざわざここまで来て買ってくれたくせに、気を遣わせないようにこう書いたんだよ。そういうやつさ」

と、吉野さんに言われたとき、いったい、だれのことを言ってるんだろうと思った。どうもピンと来ない。

「で、オレの失敗談を聞きたいんだって？」

すわったとたんそう聞かれて、あせった。

「いや、その、お話を聞ければなんでも」

「はは、いいんだよ。あ、おにいさん、このチケットのランチでお願いします」

吉野さんは、ウエイターさんにオーダーをすませると、ぼくの目を見た。

「さてと。オレはね、M美大の視覚伝達デザイン科を卒業して、業界では五本の指に入る大きな広告代理店に就職して、最初は下積みで大変だったよ。でも、三十代の前半からアートディレクターをやらせてもらっていたんだ。大手の化粧品やファッションブランドの広告を作る仕事で、収入はいいし、やれ海外ロケだの急ぎのプレゼンだのって、年中睡眠不足だったけど、仕事はおもしろかったよ。ところがある日、なんの前触れもなく、会社が倒産した。あまりに突然だったので、世間もびっくりして、新聞や雑誌やテレビ番組なんかをずいぶんにぎわせたもんさ」

ぼくは黙ってうなずく。吉野さんが働いていた会社のことも、ネットで調べた。有名な広告代理店だったのに急に倒産して、多くの人が解雇されたのは、三年ほど前のことだ。

「オレは結婚が遅かったから、子どもはまだ一歳と三歳だったんだ。あわてて再就職先を探したけれど、あいにく大手の代理店で高給取りのアートディレクターだったことがネックになって、すごくむずかしかった。皮肉なことに、若いデザイナーや事務職の人たちはすぐに再就職できたのに、四十を過ぎたアートディレクターやクリエイティブディレクターの仲間たちは、こぞって再就職に失敗したんだ」

吉野さんはとくに気にしている感じもなく、淡々と話す。

ウエイターさんが料理を次々に持ってきたから、ぼくたちは食べ始めた。今まで食べたことがないくらいおいしい中華料理で、正直オヤジが選んだとは思えなかった。

「でね」と、吉野さんは、もぐもぐと口を動かしながら話を続ける。

「とにかく安定した仕事を探しまくって、五十以上は面接を受けたかな。最後に、やっと、なんとか今の会社に入れたんだ。収入は前よりずいぶん下がったけど、正社員だし、運が良かったよ。社内報なんかを作る仕事をしているんだ」

運がいいなんて思えるはずがない。大手の代理店で広告のアートディレクターをしていた人が、食品会社の社内報作りなんて、ぜんぜん仕事内容がちがうんじゃないか？

「あ、そんな悲しそうな目で見ないでよ」と言われて、ぼくはあわてて口の中のものを噛(か)まずに飲みこみ、咳(せ)きこんだ。

「はは、冗談(じょうだん)、冗談。でも同僚(どうりょう)や先輩(せんぱい)のアートディレクターやクリエイティブディレクターで、もっと関係ない仕事しか見つからなかった人たちもたくさんいるんだよ。長年の経験をまったく活(い)かせない職業ね。しかも正社員じゃなくてさ」

吉野(よしの)さんは、ぼくの背中をトントンたたいてくれながら話す。

やっと咳(せき)が止まると、ぼくはジャスミンティーをごくごく飲んだ。

「すみません、そんなつもりじゃ……あの、でも」

聞いていいのだろうか。

「いいよ、なんでも聞いて。そのために来たんだから」

うなずいてから、ぼくは勇気を出して聞いた。広告の仕事に未練はないのかということ。

「そりゃ未練がないわけじゃないよ。でも、これが今ぼくに与(あた)えられた仕事だ。その中で、自分の能力を最大限に生かしていい結果を出す。なんの仕事でも、いやいややるんじゃ結果は出ないし、おもしろくないからね。そうやって三年間がんばってきた。おかげさまで……」

吉野さんもジャスミンティーをすする。

「つい昨日決まったばかりだから、きみのおとうさんも知らないんだけどね、仕事ぶりが評価されて、次は広告のほうをやることになったよ。もちろん、メーカーだから、もう具体的なクリエイティブの仕事はできない。広告代理店の人に、こんな広告を作ってほしいってお願いをする立場さ。でも、アートディレクター時代はいそがしすぎて不健康な生活だったから、ちょうど良かったのかもしれない。家族はむしろ喜んでるしね」

吉野さんの笑顔(えがお)は、ちょっと寂(さび)しそうに見えた。

「きみのおとうさんが、なぜデザイナーになることに反対するのか、オレにはわかるよ」

と、吉野さんは、ため息まじりに言った。

「わかってます。もっと安定した道を……」

「いや、それだけじゃないと思うよ」

吉野さんは、ぼくをじっと見た。

さっきまでの優しそうな表情は消えていた。

「おとうさんから『話さなくていい』と言われていたけど、話してしまおう。高校時代に、美大を目指していたやつがもう一人いたんだ。寺田から聞いた？」

ぼくは頭を横にふる。

「そうか、やっぱりね。寺田は一番仲が良かったから、ずいぶん苦しんだんだ。いまだに消化しきれていないんだろう。城谷の話は、絶対にしたがらないからね」

なんとなくいやな予感がした。

「オレと、寺田とそいつの三人の中で、彼、城谷が一番絵がうまくて優秀だった。繊細で、研ぎ澄まされた感性を持ったやつだった。でも城谷の家は貧しくて、私立の美大は無理でね。国立の芸大の油絵科を受けたんだが、油絵の実技で落ちて、バイトしながら浪人したけど、翌年もその翌年も落ちた。当時の競争率はたしか四十倍とか五十倍で、絵のうまい下手だけじゃなくて、あまり個性的な絵を描くとダメだったんだよね。強烈な絵を描くやつだったけど、いかんせん『芸大に受かる絵』じゃなかったんだろう」

なんだ、それ。絵がうまいだけじゃ、入れないのか。

「結局あいつは、独学で絵を描くって宣言して、がんばってたよ。小柄なのに、肉体労働のバイトをしながら、いろんな公募展に挑戦し続けた。けど、毎回ダメだった。繊細な彼は、だんだん酒におぼれるようになって……」

吉野さんはそこで言葉を切って、「あげくのはてにね」と、しぼり出すような声で話を続けた。

「二十四歳で変死したんだ」

ぼくは混乱していた。

変死って……。オヤジはそんなこと、ひと言も言っていなかった。

「この話は息子にはまだ早いからするなと、おとうさんに口止めされていたけど、あえて話したかった。きみはまだ中学生だけど、小さな子どもじゃない。城谷みたいな極端なケースもあるってことを知ってほしかったんだ。もちろん、失敗して自信喪失なんて、どの分野でもあることだよ。でも、クリエイターの世界は絶えず厳しい競争だし、運とか縁とかタイミングとかいろいろあって、たとえ才能があっても、どんなに努力をしても、成功できないケースなんて、いくらでもある。あんなにいい絵を描いていたのに、だれにも認められなかった城谷が、いい例だ」

才能があっても、努力しても、うまくいかないことがある。寺田さんが言っていたのと、同じだ。それにしても、城谷さんのケースは重すぎる。

「……」

「体力や気力も人一倍必要だしね。まあ、純粋芸術の場合は、デザインよりもさらに仕事にするのはむずかしいからね。あ、ごめんね。やっぱり話さなきゃよかったかな」

吉野さんは、ぼくの肩を軽くたたいた。

「……いえ、大丈夫です」

あわてて顔を上げた。

「とにかく、もしきみが、あこがれだけでデザイナーを目指しているなら、よく考えたほうがいい。でも、もし本気で美大に行きたいなら、できれば高校二年くらいからは美大受験の予備校で絵の勉強をしたほうがいいよ」

ぼくは、なにも言えなかった。頭の中で、吉野さんの言葉がぐるぐる回っている。

気がつくと、吉野さんと店を出ていた。

「ありがとうございました」

やっとそれだけ言えた。

「いいなあ、若いって。まだ無限の選択肢が広がっているんだもんな。あわてることはないよ。でも決めたら最後、本気でがんばれよ。大丈夫。きみは体力もありそうだし、いい目をしてる。どの道に行っても、きっとなんとかなるし、運を引き寄せる力もありそうだ」

吉野さんはぼくの肩をポンとたたくと、遠ざかっていった。

ぼくはぼーっと吉野さんの後ろ姿を目で追いかけながら、言われたたくさんの言葉を消化しようとしていた。

電車に乗って家に帰るあいだ中、吉野さんの『無限の選択肢』という言葉が頭の中をかけ巡った。イスのデザイン以外になんの選択肢があるか、考えたことがない。

ぼくにも、ほかになにかやりたいことが見つかるんだろうか。

あれこれ必死に考えた。けれど行きつくところは、やはりイスのデザインだった。

イスを作りたい。とにかく今は、イスを作りたい。まずは作ってみよう。好きかどうかだけじゃなくて、自分にできるのかどうか。自分がイスのデザインに向いているのかどうか。

それさえもわからないのだから。

「話は聞けたのか?」

ぼくの顔を見るなり、オヤジは聞いた。

「うん。すごく参考になった。あ……サンキュ」

ぼくがオヤジにまともに礼を言うことなんて、あっただろうか。「ありがとう」が言えなくて、「サンキュ」になってしまった。照れたけど、今回寺田さんと吉野さんに会えたことに関しては、本当に感謝している。それに、オヤジがぼくの将来を本気で心配しているのは、よくわかった。でも……。

「あきらめがついたか?」

そう言われても、うなずけない。

「……大変だってことは、わかったよ。情熱や実力があっても成功できるとは限らないみたいだし、いつもおもしろい仕事をやれるわけじゃないらしいし」

うむ、と言って、オヤジは満足げにうなずいた。

「そのとおりだ。一番好きなことを仕事にしちゃいかん。逃げ場がなくなる。趣味でやればいいじゃないか。それなら楽しいぞ。休みの日に自分の好きなイスをデザインして、だれかに作らせればいいんだ。なにも本業にする必要はない」

ぼくはとりあえず、あいまいにうなずいておいた。

「まだわかんない。けど……進路はよく考えてから決めるよ。とにかく今は将来どうのとか関係なく、イスをデザインしたいんだ」

オヤジは眉間にしわを寄せたけど、いちおう納得してくれたようだ。

「まあ、いい。趣味の範囲でやれ」

ちょっと後ろめたい。

だってぼくは、まだデザインの道をあきらめたわけじゃないから。

13

強いやつの弱い心

「おい、力(りき)」

茶の間(ま)でゴロゴロしながらテレビを観(み)ている力に話しかける。

かあさんはじいちゃんをリハビリスイミング教室に連れていっているし、オヤジはまだ帰ってきていない。

こういうときじゃないと、言いたいことも言えない。すぐにいじめていると思われるからだ。

「んー」

力はこっちを見もしない。

「おまえ、勉強しなくていいのか。おまえの小学校も、もうすぐテストだろ」

「んー」

「おい」

力はやっと顔を上げると、めんどうくさそうにぼくを見た。

「いいんだよ、ぼくは。ムリしなくていいの。がんばるのはお兄ちゃんだけでいいの」

「なんだよ、それ」

力はニカッと笑った。

「だって、おかあさんもおとうさんも、いつも言うもん。ぼくは生きてるだけでいいんだって。ムリをすると熱が出ちゃうから」

ムカッとした。こいつはいつもこれだ。

でも、たぶん力のせいじゃない。かあさんとオヤジが悪いんだ。

「熱が出るほど勉強しろとは言ってないよ。ただ、元気なら、テレビばっかり観てないで少しは勉強もしたほうがいいんじゃないか」

「うるさいなあ。ほんとはテレビ観たいだけなんでしょ。はいどうぞ」

力は立ち上がると、ぼくにリモコンを渡（わた）して、すたすた歩いていく。

「待てよ、力」

「やだ」

力は階段を上っていく。

いつもなら、ここでぼくはあきらめる。なにもしないでいいと親から言われている力に、なにを言ってもムダだったから。

でも、今日という今日は、決着をつけたい。オヤジに説教される腹いせに弟に説教をしようとしているわけじゃないと思うけど、どうしても、とことん言いたくなってきた。

ぼくは階段をかけ上り、力の部屋のドアをたたく。

「力、部屋に入れろよ」

「やだよ！　お兄ちゃん怖いから！」

「ただ話をしたいだけだよ」

「ぶったら、おとうさんとおかあさんに言いつけるからね！」

ドキッとした。前に一度だけ、力をぶったことがある。ぼくが小学校六年生で、力はまだ一年生だった。ぼくが大事にしていたゴッホ展のカタログを力が勝手に持ち出して、どこかに置き忘れてきたのに、あやまりもしなかったからだ。初めて連れていってもらった思い出深い展覧会で、とても気に入ったイスの絵があったのに。

「いいじゃん、また買えば」と、力はそのとき言った。でも、カタログは本屋で売っているものじゃないし、展覧会はとっくに終わっていた。ぼくはかっとして、力のほっぺたをひっぱたいてしまった。手かげんはしたつもりだった。でも力は大泣きし、そのあと熱まで出して、ぼくはオヤジにこっぴどく説教された。小さな弟をひっぱたいた自分と、わざと熱を出したんじゃないかと思う力に、ぼくは同時に腹を立てた。

それ以来、一度も手をあげたことはないのに、力はまだ覚えているんだろうか。ぼくがオヤジにひっぱたかれてぶっ飛んだときのように、こいつの心には恐怖(きょうふ)の記憶(きおく)としてこびりついているんだろうか。軽くたたいただけだったのに。

そのまま力の部屋の前にすわりこんでいたら、ドアがそっと開いた。

「お兄ちゃん?」

「……」

「……入ってもいいよ」

力がおずおずと言った。

ぼくは力の部屋に入って、ベッドに腰かけた。

「力……よく聞けよ。おまえさ、少しは勉強したいと思わないのか？」

力は首をゆらゆらと横にふる。

「たとえば算数で、ぱーっと計算して答えが合ってたら、うれしくないか？」

少し悩んでから、力は小さくうなずいた。

「そりゃうれしいだろうけど、たいてい合ってないから。ぼく、頭悪いもん。家庭教師の先生、何度かえてもすぐやめちゃったじゃない。ぼくがバカすぎるからさ」

こういうことを言う力は、本当にムカつく。なにもしないで、最初からあきらめてるんだ。

「おまえは頭悪くなんかないぞ。ただ、病気で授業に出ない日が多かったから、後れを取っているんだ。あと、がんばらないクセがついてるんだと思うよ」

「だって、がんばれないもん」

力はすぐにこう言う。

ああ、もう、どう説明すればいいだろう。

「力。考えてみろよ。親だってずっとおまえを助けてくれるわけじゃない。いつかはじいちゃんみたいに、歳(とし)を取ってしまうんだ。わかるか?」

「え……でも、そうなったら、お兄ちゃんがいるじゃん。助けてくれるんでしょ?」

冗談(じょうだん)で言ってるのか。本気で言ってるのか。

「そんなの、あてにできないぞ。オレはいつかふらっといなくなるかもしれない。事故かなんかで、おまえより早く死んじまうかもしれない」

力が大きな目をさらに大きくした。

「そ、そんなことないでしょ。お兄ちゃんは強いんだから」

今にも泣きだしそうな目を見て、ほんの少し、罪悪感を感じた。ちょっと脅(おど)しすぎたかもしれない。

「まあ、それは可能性として言ってるだけだけどね。とにかく、先のことはわからない。だったら、自分でできることをしていこうよ。おまえだって、ほんとはそうしたいんだろう?」

「がんばると、熱が出るもん」

「熱が出たらやめて休めばいい。元気なときは少しがんばる。ちょっとずつ、前進すればいい。おまえ、再来年、私立の中学を受験するんだろ？」

本当に、今のままでこいつが入れる中学なんだろうか。だいいち、授業にぜんぜんついていけないいんじゃ、おもしろくないはずだ。

「うん。でもさ」

力はおもちゃをいじりながら、ぼくをちらちらと見る。

「ぼくみたいなバカで弱っちいやつでも入れる学校らしいよ。作文で取った賞状を見せれば、受験勉強しないでも入れるんだって。だからね、おとうさんもおかあさんも、力はがんばらなくていいって言ってる。なのに、なんで？」

ぼくは小さなため息をつく。

弟にえらそうなことを言える立場かよ。自分だって、オヤジに怒られないためだけに勉強してきたくせに。

「……自分のためだよ、力。自分のためなんだ。親のためなんかじゃない」

自分に言い聞かせるように言った。

「そうなの？　お兄ちゃんは、おとうさんのために勉強してるんだと思ってたよ」

力は鋭いことを言う。

ぼくは苦笑いをしながら、うなずいた。

「そうだよ。ずっとそうだった。でも、これからは、たぶんちがう。将来やりたいことが見えてきたんだ。そのために勉強するんだ。夢を実現させるためだよ」

「ふうん。でも、ぼくには夢なんて、ないよ」

「あるだろう？　なんか、将来やりたいこと」

力は弱々しく頭を横にふった。

「お兄ちゃんはさ、わかってないよ。ぼくみたいな弱っちいやつのこと……」

「どういう意味だ？」

「夢なんてないよ。いつどこで倒れるかわからないんだ。毎年楽しみにしている遠足だって、行けたためしがない。運動会だって、玉投げ以外したことない。来週のこともわからないのに、将来の夢なんて、持てっこないじゃん。がんばると熱が出るし、ぼくは、自分っていうか、自分の体を信用できないんだ。そういうの、わかんないでしょ？」

力（りき）の言葉は、心にじわじわと沁（し）みていった。

たしかにぼくは、力に嫉妬（しっと）した。けど、自分の体を信用できないなんて、一度だって考えたことがない。本当にこいつみたいに病弱になりたいか？

……いや、なりたくない。

来週のこともわからないから、将来のことなんて考えられない……か。

結局、ぼくは力の気持ちなんて、ぜんぜんわかっていなかったんだろう。遠足に行ったことのない力は、遠足のだるさも楽しさも知らない。自転車に乗って風を切ることも、ムシ暑い日に学校の冷たいプールに飛びこんだときのあの快感も知らない。マラソン大会で必死に走って、汗（あせ）だくになってゴールにたどり着いたときのあの達成感も知らない。

「そうか。そうだな。たしかに、オレは、弱っちい力のことを、ぜんぜんわかってなかったみたいだな」

力はゆっくりとうなずいた。

「でもな、おまえだって、強いやつの苦しさをわかってないと思うよ」

力が口をとがらせた。

「わかるわけないじゃん。強いやつはなんにも苦しくないいんだから！」

「それはちがう」

チビ相手に、なにをマジになってんのかと自分でも思う。でも、なぜかわからないけど、今きちんと話しておきたい。

「あのな、力。強いやつだって、弱い心を持ってるんだ。オレは何度も……」

言おうか言うまいか、迷った。

でも、言ってしまおう。

「何度も、おまえみたいに熱を出したいと思ったことがあるんだよ。テストや、試合や、いろんなことから逃げたくてね。でも、オレは強いから熱は出ないし、逃げるのは許されないんだよ」

力は、ぼくをまじまじと見つめた。

「……お兄ちゃんって、けっこうカッコ悪いんだね」

「知ってる」

ぼくたちは、二人同時に笑い出した。

「なあ、力、どうだ。すこーしだけ、がんばってみないか？　オレが勉強を教えてやるから。熱の出なさそうなときだけな」

力は黙って考えているようだった。

「勉強がわかるようになると、学校の授業が少し楽しくなると思うよ」

「……それよりさ」

と、力は目を大きく開いて、ぼくを見た。「みんなにバカだって言われなくなるかな……？」

こいつはクラスで、そんなことを言われているのか。

「ああ。けど本当は、そういうことを言うやつのほうが、ずっとバカなんだぞ」

唇をぎゅっと噛んで、力は小さくうなずいた。

「……わかった。ちょっとだけ、がんばってみてもいいよ」

よし、と言って、ぼくは立ち上がった。

「じゃあ、明日から、毎日夕方の一時間だけ、勉強を教えるから。わからないことを、まとめておいて」

そのとき、はたと思った。そんな時間あるのか？　コンペもあるし、自分の勉強もある。

梨々(りり)の試験勉強も手伝うと約束した。毎日一時間取られるのは、きついかもしれない。ふと見ると、「うん」と言って立ち上がった力は、小さかった。ぼくの背がこのところ急に伸(の)びたせいか、えらく小さく見える。

ムカつく弟だけど、こいつはぼくがなんとかしないと、きっとろくなやつにならない。自分で自分をバカだと思いこんでいるのは最悪だ。大体、力のクラスの連中に言いたい放題に言わせておけない。それに、その私立の学校に入れたところで、授業にぜんぜんついていけないいんじゃ、おもしろくないはずだ。

ぼくはドアのところでふり向いた。

「おまえ、兄ちゃんが怖(こわ)いか?」

力はこっくりうなずいた。

「怖いよ。だってお兄ちゃんはおっきいもん。口でもかなわない。なにをやってもかなわないよ」

力がぼくを見上げる姿が、自分とオヤジの関係と重なって見えた。これじゃぼくはまるで、オヤジと同じじゃないか。

「もう二度とぶたないから、安心しろよ」

力の頭にそっと手を乗せた。

「それにさ……」

力は急にもじもじしだした。

「それに？」

「ぼく、わかってるんだ。お兄ちゃん、ぼくのこと……嫌いでしょ？」

はっとした。そんなふうに思わせていたなんて、怖がらせるよりひどい。

腰を曲げて、力の視線に合わせる。

「嫌いなわけないだろ。ただ……正直言うとな、オレは、おまえのことがうらやましかったんだよ」

「えーっ、なんで？　お兄ちゃんは背が高いし、頭いいし、体力あるし、なんでもできるじゃん。ぼくと正反対。ぼくがお兄ちゃんより勝ってることなんて、ひとつもないじゃん！」

それを聞いて苦笑した。なんでもできるんじゃなくて、無理してるんだよ。がんばっても認められない。それでまた無理をする。ストレスがたまる。この悪循環から抜け出せないんだ。でも、そんなことを力に言ってもしかたがない。

「そんなことないよ。おまえは感性が鋭いし、素直だ。オレはどうがんばっても、おまえみたいな愛されキャラにはなれないしな。でも、もうヤキモチ焼くのはやめた。弱っちいやつの気持ち、少しわかったからね」

力はうれしそうにうなずいた。

「ぼくも、少しわかったよ。強いやつの弱っちい気持ち！」

14 イスの小宇宙

毎日一時間、力の勉強を手伝う。

想像以上に力の学力は低い。どうしてこんなことがわからないんだ、と怒りたくなることもあるけど、冷静になるように努めて、ゆっくりと何度も説明する。

力には忍耐力がない。ちょっとわからないと、すぐに鉛筆を放りなげて「わかんなーい」「ぼくにはムリ。頭悪いから」「熱出そう」なんて言う。これじゃ家庭教師が二、三回でギブアップしたのもよくわかる。

それでもがまんして続けると、ようやく力の問題点が見えてきた。低学年のときに今よりもっと学校を休んでいたせいで、基礎ができていないのだ。それなのに、どんどん授業内容がむずかしくなっていくから、わからないことはネズミ算式に増えていく。

そこで、低学年の復習から始めさせてみた。案の定、二年生のレベルですでに力はつまずいた。それでも根気よく教えて、できるとほめる。そうやって積み重ねていくと、最初はほんの数十秒ですぐに「ムリ」と言ってあきらめていた力が、むずかしい問題を前にしても、数分がんばって考える姿勢を見せだした。希望の光だ。

三日目の勉強が終わったとき、力は「すごい、ぼく、なんだか急に、ちょっぴり賢く(かしこ)なった気がする！」とはしゃいだ。

「だろ？　ずいぶんがんばったな」

頭をなでると、力はうれしそうに笑って「ありがと。明日も教えてね！」と言った。

初めて力をかわいいと、ちょっと思ってしまった。

そのあと部屋で必死にスケッチをしてからひと息ついていると、じいちゃんがいつものイスにすわったまま、背中越し(ご)に声をかけてきた。

「おう、真(しん)、コンペのことは、オヤジにちゃんと言ったのか？」

ぼくはスケッチを手にしたまま部屋から出て、じいちゃんのそばまで行った。

「……言ってない」

「万が一、入賞したらバレちまうぞ。しかし真、おまえはほんっとにイスが好きだな。オレの若いころより熱が入ってらぁ」

じいちゃんは、あきれたような顔をしている。

「そんなわけないよ。じいちゃん、自分のことは忘れてるんじゃない？」

「そうかねえ。ま、ちょっと見せてみな」

スケッチを膝の上に載せると、じいちゃんは首にかけていた老眼鏡をかけた。

「ほう。腕を上げたな」

「そう？」

「ん。もうほとんどプロのスケッチと変わらねえなぁ」

ドキッとした。元凄腕の職人が言うんだから、本当かもしれない。それとも孫だからひいき目に見てるのかな。

「良かった。ぼくはプロを目指してるんだから」

「そんじゃ聞くが、イスを作るにあたって、マニアとプロのちがいはなんだ？」

そんなことを聞かれるとは思ってもみなかった。少し考えてから、ぼくなりの考えを言ってみる。

「究極にすわり心地のいいイスを作って、自分だけが使うのがマニア。だれかにすわってもらいたい、長く使ってもらいたいと思って作るのが、プロ。ちがう？」

じいちゃんは苦笑いをした。

「いい線いってっけどな、究極にすわり心地がいいイスなんて、ねえよ。オレにとってすわり心地がいいのと、おまえさんにとってじゃ、ちがう。太ってるか痩せてるか、背が高いか低いか、女か男か、年寄りか若者か、ちょいと腰をかけるだけなのか、ずっと寝そべってるようにすわっていたいのか、って具合にな、それぞれちがうんだよ」

「……いや究極っていうか、だから、なんていうか」

「まあ、いいさ。とにかく、本気なんだな？」

「うん」

「一度やると言ったからには、ちっとやそっとのことで、放り出すなよ」

「うん」

「もしコンペで箸にも棒にもかからなかったら、あきらめてオヤジのいうように、『まっとうな道』ってのを目指すか？」

ぼくは頭を左右にぶるんぶるんふった。

「なぜダメだったか反省して、軌道修正しながら来年もトライする」

「もし何度挑戦してもコンペがダメだったとしたら、どうすんだ？」

「それだけがイスのデザイナーになる道じゃないと思うから、腕を磨いて、とにかくプロを目指したい」

「オヤジともめるぞ」

「いつかオヤジが感動するくらい、すごいものを作ってやる」

じいちゃんはゲラゲラ笑いだして、笑いすぎてついにむせた。

水をコップに入れて渡すと、スケッチをぼくに返して、じいちゃんはゆっくり水を飲んだ。少しゆがんだ口の端から水が滴り落ちるのをおしぼりでふいてあげようとしたら、断られた。

「自分でやらぁな」

そうだった。世話の焼きすぎはかえってマイナス。

「それにしても、真。言う事だけはいっちょまえだな。でもな、デザインをやりたいなら、独学じゃ限界がある。美大へ行け。仲間もできるしな。とはいっても、オレは学費を出してやれねえ。私立の美大はけっこう金がかかるぞ。大学によっちゃあ、年間二百万くらいかかるんじゃねえか」

「そんなに……」

「ああ。奨学金のローンを借りるにしても、入学金や学費だけじゃなくて、材料費ってのもかかるしな。とにかく、そんな借金を背負うのは勧められねえな。かと言ってなあ、オヤジを説得できるかねぇ」

じいちゃんはおしぼりで口のまわりをふいてから、ため息をついた。

「そりゃムリだよ。オヤジがうんと言うわけがない。それに力は、いじめがなさそうな私立のリバティ学園大学の付属中学校に行くらしい。学費がものすごく高いんだ」

「ああ、例の学校か。オレはあんまりああいう特殊な学校は好きじゃねえけど。有名校に入れなかった甘ったれのぼんぼんばかりの学校だろ。そんなとこ行って、力は幸せかねえ」

じいちゃんは、口をへの字にした。

「わかんないけど、力の場合、それしかないと思うよ。なにかひとつでも得意科目があれば、ほかの成績が悪くても入れるらしいんだ。力は国語の成績はいいし、作文はすごくうまいんだよ。賞を取ったこともあるしね。それに、どんなに欠席日数が多くても、医者の証明書があれば大丈夫なんだって。しかも、エスカレーター式に大学まで行けるんだよ。だからぼくが私立の美大に行けるわけないじゃん。行くなら国立の芸大か」

じいちゃんは、右手をひらひらっと左右にふった。

「いや、国立でもなんでも、芸術とか美術って名がついているだけで、淳は反対するだろう。とにかく、学費を出してもらう以上、親が納得しなきゃむずかしいな。あ、そうだ」

じいちゃんは急に目をきらっと光らせた。

イタズラをするときのじいちゃんは、たいていこういう目をする。

「なに？」

「国公立大の工業デザイン科って手もあるぞ。美大のデザイン科とちがって、もっと工学寄りだから、真にはかえって向いてるかもしれねえ。今の学校の上の大学に、工業デザイン科もあるじゃねえか。それか国立を狙え。受験のときには国立大の工学部って言ってオヤジをだましときゃいい。入っちまえばこっちのもんだ。けどな、今いい成績だからって安心してると、入れねえぞ。ま、おまえは言われなくても勉強するだろうけどな」

思わず笑った。じいちゃんらしい悪巧(わるだく)みだ。

「なるほど、そういう手もあるか。でも、もしかすると、イスだけじゃなくて、空間全体を考えるのもおもしろいかもしれないって考え始めているんだ。建築学科とかさ。これからよく考えるよ」

「ほう。建築か」

じいちゃんは目を細めた。

「そいつぁおもしれえ。オレがイスを作ってたときも、依頼人(いらいにん)の多くは建築家だったな。いいじゃねえか。よし、よーく考えろ」

小刻みにうなずくじいちゃんを見て、ぼくもうなずいた。

じいちゃんが味方になってくれるのは心強い。

自分の部屋にもどって、イスのデザインを再開する。

木のイスで、背もたれは一〇五度。

いちおう人間工学に基づいてデザインしよう。けど、計算どおりにはいかないこともあるはずだから、さらに調べてみた。

たしかに、座面の高さや背もたれの角度を調整できないイスの場合、人間工学とはいってもそれは平均的な体型の人を予想したうえでの理想的な値であって、「これだ」という絶対値があるわけじゃない。

背の高さだけじゃなくて、脚の長さ、とくに膝から下の長さも関係するし、靴を脱いで使うのかどうかとか（男の靴でも三センチくらいは厚みがある）、すわり方のクセや好みもあるし、素材やデザインにもよる。

じいちゃんが昔オランダへの輸出用に頼まれたイスでは、座面の高さを五センチくらい上げたらしい。そもそもオランダの男の平均身長が一八四センチだっていうんだから、日本の男の平均身長の一七一センチと比べると、十三センチも差がある。さらに彼らは靴をはいたまますわるから、差はもっと大きくなる。

座面の奥行きも、当然変わってくる。おかげでデザインのバランスがくずれて、デザイナーがデザインをアレンジするのに苦労したとか。

ぼくはまた小走りにじいちゃんの部屋に行って、すわり心地について、聞いてみる。

「すわり心地がいいってのは、一筋縄じゃいかねえんだよなぁ」

と、じいちゃんはなつかしむように言った。

「たとえばな、長居してほしくねえ店のイスなら、わざと、すわった瞬間はいい感じだが長くすわってられないイスにするしな。長くすわってもらいたい場合でも、クッションを柔らかくすりゃいいってもんじゃねえ。腰が深く沈むと、すわった瞬間はああフカフカで最高と思うけど、次第に居心地が悪くなってくるもんだ」

ぼくはひたすらメモをする。

「オレがすわってるこのアームチェアだってな」

じいちゃんは自分がすわっている座面のクッションを、ぐいっと押して見せる。

「外からは見えないが、後ろと、真ん中と、前のほうじゃ、中のウレタンフォームの硬さがそれぞれちがうんだよ。三種類つなげて入れてあるんだ。体重のかかる真ん中は、反発力の強いウレタンだ。じゃなきゃ、すぐぺったんこになっちまう」

イスの話は、延々と続く。外から見えない部分で、イスにはいろんな工夫がされている。イスはまるで小宇宙だ。知れば知るほど奥が深い。

結局ぼくは、完璧なイスなんてものは無理だと悟った。とくに、高さを調整できないイスの場合、標準的なサイズで作るしかないけど、体のサイズが急速に変わるぼくらの年代で、何年も同じ高さのイスにすわり続けるというのは苦痛だ。中学一年になったとき、ぼくはクラスでも前のほうだった。二年の終わりには後ろから四番目になった。今もまだ伸びている。たったの二年間に、二十センチ以上も伸びたのだ。座面の高さが同じでいいわけがない。

テーマは、オフィスチェアに対抗するホームチェアだ。できればガス圧シリンダーを使わずに、高さの調整をできないかな。しかもデザインのじゃまにならない方法で。

ふと思い出したのは、だれかの家のピアノの前に置いてあった、手動で高さを調整できるイスだ。サイドにあるハンドルを回して、座面の高さを調節できる。けど、上げたときに座面の下の構造部分が見えるのが、気になる。

同じくピアノイスで、脚がXになっていて、開いたり閉じたりで高さを調節できるやつはどうだろう。でもXの脚だとデザイン的に限界が出る。

座部をくるくる回して高さを調節できる回転式の丸いスツールもある。でも、スツールは前も後ろもないからいいけど、背もたれがある場合、回してちょうどいい高さにしてから、机と背もたれが平行になるようにイスを置き直さなければならない。使いづらくてダメだな。却下。

待てよ。高さは調節したいけど、毎日変える必要はないか。一度自分に合う高さにしたら、子どもなら身長が伸びるまで、大人ならずっと、変えないはずだ。

だったら、昔のイスみたいに、座部のフレームを支えるパイプに数センチごとに穴をあけて、それを包みこむパイプにも穴をあけて、大きなボルトかなんかで固定すればいいじゃないか。下にかがみこまないと穴は見えないから、デザイン的なデメリットも少ない。そこに、留め具のボルトのかわりに、すっきりした大きめのハンドルをつけて、それをデザインポイントにするっていうのはどうだろう。

全部木でできるだろうか。

ぼくはさっそくスケッチを始めた。

15

フリースタイル

今日ぼくたちは、梨々の部屋でプロジェクトを進める。

部屋は原色のクッションがいくつかあるくらいで、あとはモノトーンでシンプルだ。お兄さんの部屋かと思ったくらいだ。壁にはアイドルのポスターなんかはいっさいないし、ぬいぐるみさえない。代わりに工具箱や本、イスの小さい模型（買ったものには見えないから、たぶん、梨々が作ったんだろう）とか、レオナルド・ダ・ヴィンチの数々の発明品のミニチュア模型なんかが並んでいる。

スピーカーから流行のJポップが流れてきた。

「わが道を行く梨々だから、サブカル系でも聴くのかと思った」と言うと、梨々は舌をぺろっと出した。

「音楽にはあんまりこだわらないから、いつもラジオなんだ。ノリのいい明るいやつで、手作業が進むのが好き。聴きこんじゃうような音楽だと、模型（モデル）を作る手が止まるからダメなんだよね」

なるほど。それも梨々らしい。

「さっそくだけど」

自分では決定版かなと思えるデザインのスケッチを、恐（おそ）る恐る梨々に渡（わた）す。透明水彩（とうめいすいさい）で色もつけた。

「ネーミングは『フリースタイル』ってつけてみたんだけど、どうかな。スポーツ競技のフリースタイルを連想させる、自由な使い方ができるイスなんだ」

梨々は目を輝（かがや）かせた。

「いいじゃん、これ！　ネーミングもいいよ！　背もたれ部分の合板（プライウッド）のカーブがきれい。この昇降（しょうこう）システムは昔からあるけど、ふつうメタルのパイプだよね。木の場合はたいてい大きい穴がサイドの脚（あし）にたくさんついていてスライドさせるやつで、デザイン的に良くないじゃん。でもこれは、パイプの一本軸（じく）の下に合板（プライウッド）を十字に組み合わせた脚。すごくすっきりしてる。キャスターがついてないのは、木製のものがないからでしょ？」

と聞かれて、うなずく。

「それにこのイスの場合、機能的にもキャスターはなくていいと思う。その代わり座部は回転するようにしたい。机に近づけた状態で、キャスターがなくてもすっと立ち上がるには、回転できるほうがいいから」

「うんうん。座部の下にメタルフレームをつけて……」

梨々（りり）は何度もうなずく。

「肘掛（ひじか）けも背もたれと一体化していて、すごくきれいだね。なつかしいけど新しい感じで、かっこいいよ。わたしがほしいくらいだな」

辛口（からくち）の梨々がこんなにほめてくれるとは思っていなかったぼくは、正直かなり照れた。

「ありがとう。座部を支えるこのパイプだけど、上の木製の棒が入りこむ下の木製パイプが問題だよね。強度をつけるには、中に鉄パイプを入れたほうがいいんだろうけど、それ、前に梨々が木と鉄の収縮率がちがうから大変だったって言ってなかった？」

　言われる前に難点を相談する。

「うん、でもあのときは、もっと径（けい）の細いデザインで、特殊（とくしゅ）な木材だったから問題だったんだけど、これは太そうだから大丈夫（だいじょうぶ）。最初から木製パイプの中に鉄パイプを組み合わせてある『天然木筋金入（すじがねい）りパイプ』ってのがあるんだ。外径が十九ミリ、二十五ミリ、三十二ミリのどれかならふつうに売ってるし、うちで作ってる外径四十ミリっていうのもある」

「おお、それ、助かる！」

救われた気がした。そこが一番のネックだと思っていたから。

「いちおう、大ざっぱな模型（モデル）も作ってあるんだ」

箱から、モデリングクレイという薄（うす）茶色の固まらない粘土（ねんど）で作った模型（モデル）を出して、梨々の前に置く。

「へえ、よくできてるじゃん」

「じゃあ、ダイレクトに原寸模型（モックアップ）いく？」と聞くと、梨々は大げさに両手を左右にふった。

「いくらモデリングクレイの模型（モデル）を作ったからって、いきなり原寸大を作るなんて、ヤバすぎるって。そりゃ熟練したプロならあり得なくもないだろうけど、おたがい未熟なんだしさ」

「だよね」と言って、ぼくは笑った。

原寸模型（モックアップ）を早く見たくてうずうずしてはいるけれど、ちゃんとした五分の一模型（モデル）を作る必要があるのもわかっている。でも、じいちゃんに「二人で役割分担するからには、梨々（りり）ちゃんにまかせるか、いっしょにやれ」と言われて、サイズ的には同じく五分の一縮尺だけど、細部のない大ざっぱなモデリングクレイの模型（モデル）しか作ってこなかった。これだと、プロポーションを見るだけだ。一方、五分の一模型（モデル）のほうは細部までもかなり精巧（せいこう）に作るから、それでデザインは十分にわかる。

ただし、その時点ですごくいいデザインだと思っても、原寸模型（モックアップ）を作ると、いろいろな問題点が出ることが多い。実際にすわってみると、意外にすわり心地（ごこち）が悪かったりするものだ。デザイン的にも、小さい模型（モデル）ではバランスが取れていると思ったのに、原寸大では違和感（いわかん）が出ることもある。

こういったことは、じいちゃんからあらかじめ全部聞いているからわかってるんだけど、どうしても気があせってしまう。作品のパネル提出日まで、あと二か月ちょっとしかない。

原寸模型（モックアップ）を作ってみてアレンジするところがたくさん出たら？

最悪の場合、全面的にデザインしなおす必要があったら？

六月下旬はテスト週間で、勉強をしなければならない。成績を落とすとまたなにを言われるかわからないから。それに力や梨々の勉強も手伝わないと。時間がない！

明日から始まるゴールデンウイーク中と、五月と六月初旬までの土日しかゆっくり制作できるチャンスがない。会社が九連休になったオヤジが、かあさんの実家の飛騨高山に行くことを提案したけど、ぼくはうまく理由をつけてパスした。九日間もじいちゃんを一人にしておくわけにはいかないというのは本当のことだし。オヤジは「それじゃ全員おとなしく家にいるか」なんて言うからあせったけど、コンペのことを知っているかあさんがうまくやってくれて、ぼくとじいちゃん以外の三人は八日間をかあさんの実家で過ごすことになった。これでイス作りに集中できる。

それにしても、本当に間に合うのか、不安だ。

「梨々も、ほんとに連休どこにも行かないんだよね？」と、念を押した。

「うん、大丈夫。わたしがどこにも行きたくないって言いはった。おにいちゃんも沖縄から一週間帰ってくるし、おかあさんはわたしのコンペ参加を応援してくれてるし。ま、一度くらいは家族でレストランに行くだろうけど、ほかはどこにも行かないよ」

ほっとしたぼくは、親指を立てた。梨々(りり)もニッと笑って親指を立てた。

「じゃあ設計図面をチェックして、さっそく精巧(せいこう)な五分の一模型(モデル)を作ろう」

プラスティックの図面ケースから大小の図面を取り出す。原寸大のほうは大判の模造紙に、五分の一のほうは方眼紙にトレーシングペーパーをかけて描(か)いた。プロや大学生なら設計図面用のソフトウェアを使って図面を作成するんだろうけど、そんな高価なものは持っていないどころか、使ったことすらない。

「几帳面(きちょうめん)だね。すごく正確じゃん。けど、原寸大の図面はまだ早いよ。五分の一模型(モデル)作って、そこからアレンジしていくことになると思うよ」

梨々がモノサシでチェックしながら言った。

「うん。でもいちおう描いてみた。鉛筆(えんぴつ)だから、修正できるよ」

「オッケー」と言いながら図面をチェックする梨々の目は、真剣(しんけん)そのものだ。

「このパイプのハンドル部分、五分の一模型(モデル)だと、小さすぎて木で作るの大変かなあ……」

梨々が図面から目を離(はな)し、イスに寄りかかって腕(うで)を組む。

「じゃ、そこの部分は樹脂粘土で作るのは？」と提案すると、梨々が首を横にふった。

「樹脂粘土、苦手なんだ。バルサ材にしよう。カッターで切れるし、削って綺麗に加工できる。デザインを見るためなら固定されてて、上下しなくてもいいでしょ？」

「うん、十分だと思う」

「背もたれや肘掛け、座部のきれいなカーブだけどさ、五分の一模型は極薄の木材シートを数枚カーブさせながら貼り合わせたり、木片を削れば作れるけど、原寸大のときはどうするかなぁ。さすがに本物の成形合板はやったことないんだ」

え……。声には出さなかったけど、あせった。でもよく考えたら、中学生で成形合板なんてむずかしいこと、やったことがあるはずはないか。どうすればいいだろう。

「そんなにむずかしい？」

梨々は大きくうなずいた。

「やったことないから、ここに一番手こずりそう。でもこれ、このイスのチャームポイントだから、きっちり作らないとなあ。ま、いいや、成形合板のことはあとで職人さんに相談してみる。なんとかするよ。まかせて」

「なんとかするよ」「まかせて」という力強い言葉は、まるで即効薬のようにぼくを安心させた。

ぼくたちは五分の一模型を作り始める。

梨々の手は、ぼくから見れば本物の職人さんのようにてきぱき動いて頼もしい。

ぼくはひたすら助手にまわって、道具箱やネジ箱から、必要なものを取り出して渡したり、言われるままに手伝う。

梨々は下の工房に走っていって、あっという間に木片を切ってもどってきた。

「ヤスリとサンドペーパーで角を仕上げるの手伝って。はい、これつけてね」

目を保護する透明のゴーグルと、鼻と口をすっぽり包む立体マスクをし、細かい作業に向いている特殊な軍手をして、ぼくたちは直射日光が射すバルコニーで木片の角を削る。

梨々が用意してくれた「ヤスリ&サンドP」と書いてある大箱には、いろんな道具が入っていた。大小さまざまな木工ヤスリや、小さくカットされたサンドペーパーが、きっちり整理されて並んでいる。サンドペーパーのキメは粗目から細目まで五段階ある。なだらかな形に仕上がっている木片にスポンジを巻いて、そこにサンドペーパーを貼りつけてあるものも数種類。大きなサンドペーパーを木に貼りつけた台まである。平面を仕上げたいときに、便利なものだ。

「すごいな、こんなに道具があるなんて。じいちゃんが持ってた道具は親しかった職人さんにあげちゃったらしくて、今はほとんど残ってないんだ。ヤスリやサンドペーパーは学校の技術のときも使うけど、こんなにたくさんの道具を見るのは初めてだよ」

「へへ。これはわたし用。工場のやつをいちいち借りるのはめんどうだから、自分でひととおりの道具はそろえたんだ。中の木片とかスポンジはあまってるのを失敬したけどね。でも電ノコとか卓上丸ノコは、一人で使うと怒られる。あぶないからって、工場でだれかがいるときにしか使えないんだ。ぜんぜん信用されてないよね。十八歳になったら監視なしでも使っていいっていう約束にはなってるけど、どうだか」

マスク越しのもごもごした梨々の声は、いつもよりソフトに聞こえる。

「まあ、でもたしかに中学生の女の子が一人で電ノコで木材を切るのって、ちょっとあぶないかなあ」

と何気なく言うと、梨々が手の動きを止めて、ぼくをじろっとにらんだ。

「なにそれ。男の子ならいいわけ？」

「あ、いや、男でも同じだけど……」

梨々が「女の子だから」と言われるのが大嫌いなのを忘れて、つい言ってしまった。いや、うっかり言うってことは、ぼくにもそういう偏見があるってことか。

「ごめん、オレ、どっかのしょーもないおっさんみたいなこと言ったよね」

梨々は目を細めてマスクをおろし、「今度言ったら許さないぜ」と、どすのきいた声で言ったから、ぎょっとした。

「ジョークだってば。ははは！」

笑いながら梨々はマスクをもどして、サンドペーパーをにぎる手をしゃっしゃと動かす。

「原寸模型のとき、工場は閉まってるんじゃないの？」

ほっとしたぼくも、手を動かしながら聞く。

「月曜と火曜はふつうに仕事だよ。うちみたいな小さな会社は、だれも九連休にしたいなんて願い出ないみたい。けど、工場が閉まっている祭日に機械を動かすなら、おじいちゃんに言わないとムリだな。できれば月曜と火曜日に原寸模型（モックアップ）用の材料を全部切ってしまいたい」

「ってことは、今日から三日間で、この五分の一模型（モデル）を元にデザインを詰（つ）めなきゃってことだね」

「そう。あ」梨々がぼくの手元を指さした。

「そうやると、木の繊維（せんい）がめくれ上がるから、こういう向きでやって」

手本を見せてくれる梨々の手つきは、中学生とは思えない。ぼくは尊敬のまなざしで、じっと見つめる。

すごい。女にしておくのはもったいない。

あ、なにをまた考えてんだ、ぼくは。

ふう、とため息をつく。

「なにため息ついてんの？」

梨々が急にぼくの目をのぞきこんだから、ドキッとして目をそらす。

ぼくは二度目のため息をこっそりとついた。

ぼくがデザインしたイスが、初めて精巧（せいこう）な模型（モデル）になって、今、自分の手のひらに載（の）っている。悠長（ゆうちょう）に喜んでる場合じゃないけれど、やっぱりうれしい。

けど、どこかちがう気がする。

しげしげと眺（なが）めていると、梨々（りり）が「うーん」と、となりで不満げな声を出した。

「完成度の高いデザインだけど、このままだと、ちょっとインパクトに欠けるかなあ」

そう言われてすぐに反論しようと思ったけど、たしかにそのとおりだ。

「インパクトに欠けるかな」

「そう、コンペに出すには、どうなんだろうって感じ。スケッチのときはもっとインパクトがあったのに。なんでかな」

二人で五分の一模型（モデル）とスケッチを見比べる。同じだけど、なにかちがう。

「この、スケッチの微妙（びみょう）にアンバランスなプロポーションや、流れるようなラインが、きっとおもしろかったんだと思う。けど、人間工学を参考にしてきっちり線を引きなおした図面に基づくと、こう、なんて言うか」

いい表現がないか考える。

「まともになりすぎる、ってことかな？」

梨々がシンプルに言い当てた。

そう。まともすぎるんだ。

「うん。でも、プロポーションをスケッチどおりにやると、たぶんすわり心地がすごく悪くなるんだ。座面の奥行きがありすぎるし、背もたれは低すぎるし」

図面を描いているときに、すでに頭の中のイメージと離れてきていることには気がついていた。

「だよねえ。うーんと」

梨々が目を細めて模型をじっくりながめる。しばらくすると、ふいに立ち上がって、本棚の奥からなにやら取り出してきた。それは五分の一サイズの人体の模型だった。画材店に売っている木製のデッサンドールとちがって、ちゃんと人間の女性らしい肉づきをしている。

「これ、セーディア社特製の人体五分の一縮尺模型。売ってるデッサンドールは、脚の長さとか、肉づきとかがいいかげんだから。これはちゃんと日本人の標準体型で作ってあって、関節も動くし、靴もはけるようになってるんだ。大人、子ども、老人の男女それぞれがあるんだよ」

「さすがだ！　こんなものまで作っているのか。全種類ほしくなるな」

「じゃ、出世したら、お買い上げくださいませ。けっこう高額だからさ」

梨々はペロッと舌を出した。

ぼくは笑いながらそれを受け取り、すわらせてみて、はっとした。

自分の体や人間工学から割り出して、各パーツのサイズはきっちり計算はしてあった。けれど、この模型の女性は、なんだか不自然な形ですわっている。

「なんか、すわり心地が悪そうだな」と、つぶやくと、梨々が笑った。

「ほんとだね。ちなみにこの人は身長一五九センチの設定。日本人の成人女性の平均的な高さくらいだよ」

「あ」

うっかりしていた。自分のサイズで考えていた。二十センチ近くもギャップがあるんだ。

「もちろん万人にカンペキなんてのは無理だろうけど、肘掛けがちょっと高いんじゃない？　ちょっと高めよりは、ちょっと低めのほうが、たぶん楽な感じがするんだよね。だから背が高い人でも、少し低めの肘掛けで行けると思うよ」

そう言われて、頭の中のイスのイメージが急速に変化しだした。

肘掛けの高さを下げると、このカーブをもっとゆるくできる。すると……。

ぼくはあわてて図面の上にもう一枚トレーシングペーパーをかけて、デザインをアレンジする。たったの二センチ分、つまりこの模型（モデル）で四ミリ下げるだけで、背もたれから続くカーブがずっと自然に流れていく。

「どう、こうすると、スケッチのイメージに近づくんじゃないかな」

見せると、梨々は親指を立てた。

「よし、肘掛けと背もたれの部分、もう一度作り直そう！」

16

原寸模型（モックアップ）

五分の一模型（モデル）を完成させた。それを念入りにチェックして、次は原寸模型（モックアップ）に取りかかる。まずは分厚いボール紙を切って、曲げて、糸やテープで形を整えて、形を見る。なるべく材料を無駄遣（むだづか）いしないためだ。

オーケーとなったら、いよいよ本番に入る。修業（しゅぎょう）中の梨々（りり）には、かなり難易度が高いはずだ。

ぼくはまたしても助手として、モデラー梨々の後ろをついてまわる。

保護用のゴーグルや手袋（てぶくろ）をつけて、ギーン、というものすごい金属音のする卓上丸ノコ（テーブルソー）で板を切っていく梨々は、見ていて頼（たの）もしいなんてものじゃなかった。ぼくはつくづくわがパートナーを誇（ほこ）らしく思った。

梨々は、職人さんの指示に従って、てきぱきと下準備を進めた。さすがに「学校の技術の課題」で成形合板（せいけいごうはん）をやるわけはないから、職人さんにも早川（はやかわ）さんにも、コンペのことを言った。「チームの一人が孫娘（まごむすめ）だなんてことは審査員（しんさいん）たちに知らせないから、公平にたたかれてきなさい」と、早川さんは言ってくれた。

成形合板とは、薄（うす）い板に接着剤（せっちゃくざい）をつけて重ねた合板（プライウッド）を凹型（おうがた）に置き、加熱しながら凸型（とつがた）でプレス加工をするものだ。でも原寸模型（モックアップ）だから、すべて手作業でやる。まず背もたれや座部のデザインに合わせて、凸の木型を作る。その凸型に風呂（ふろ）の巻ふたかシャッターみたいな、角（かく）パイプをつなげたフレキシブルなプレートを置いて、型に沿（そ）わせてしっかり固定する。その上にまだ接着剤の乾（かわ）いていない合板（プライウッド）を置き、さらにもうひとつの角パイプのプレートを載（の）せて、サンドイッチにする。そして全体をゆっくり締（し）め上げていく。こうして数時間そのまま放置する。この方法だと、通常のプレス加工のような凹型を作る必要がないから、手間が省けるし、形のアレンジもしやすいと、職人さんに教えてもらった。

そのあいだに、ほかの作業を進めた。座面の高さを調節するためのハンドルもデザインポイントになるから、あえて目立つ大きさにする。梨々がきれいな木目を出すように合板（プライウッド）

を削り出してくれた。

乾燥した成形合板を加工するときに少し端が欠けたけど、研磨機とサンドペーパーでなんとか修復できた。梨々が一番苦労したのは、スケッチのイメージに限りなく近い、背もたれと肘掛けの流れるようなカーブを作ることだった。肘掛けと一体化した背もたれに、座部をきれいに組み合わせる。これは一番大きなデザインポイントだから、慎重になる。厳しい早川宗二朗さんにも「まあ、初めてにしちゃいい出来だ」とほめられたくらい、梨々は一生懸命作ってくれた。

「あれ持ってきて」「そこ、ちゃんとがっちり持っててよ」とか言われるたびに、ぼくはなるべく迅速に動いた。

「プラス2番のドライバー取って」「はい」なんて、まるで手術中の外科医と助手のようだ。

「スタビー」と言われたとき、「は?」と思わず聞いた。

「ほら、そこのずんぐりむっくりの短いドライバーだよ。ここ、スタビーじゃないと、ネジ回せないんだ」

梨々はまるでプロの職人さんだ。

原寸模型（モックアップ）のパーツを全部組み立てて床（ゆか）に置いたとき、「おーっ！」と思わず叫（さけ）んだ。

ぼくは体中に沸（わ）いてくる熱い想（おも）いを隠（かく）せないでいた。単なる小さなイスなのに、まるで巨大（きょだい）な建物を作り上げたような、すごい達成感を感じる。

大人数の手で、何か月も何年もかかって建てられるビルがやっと完成したとき、建築家はいったいどんな想いで見るんだろう。とくに外国の大聖堂のように百年単位の時間をかけて建てられたものだったら……。設計した人が生き返って見ることができるなら、大泣きするんじゃないだろうか。

「やっぱり原寸大ってすごいな」と感心しながら、組み立てられたイスをなでていると、梨々に怒（おこ）られた。

「なでてないで、すわってみてよ」

うなずいてすわる。そのままスマホをいじったり、本を読んだり、タブレットを使うポーズを取る。すわり心地（ごこち）は予想以上にいい。

後ろに思い切り寄りかかって、両腕（りょううで）をバンザイした状態でのけぞってみる。

そのとき、一瞬あれっと思った。なんとなく、不安定な感じがした。

「はい、今度はわたし」と梨々が言ったから交代すると、彼女も同じようにいろんなポーズを取った。同じように後ろにのけぞってもみた。

でもなにも言わずに「いいじゃん」と満足げに立ち上がった。

「のけぞったとき、後ろ側に不安定さを感じなかった？」と聞くと、梨々は「ぜーんぜん。あ、でも」と言いながら、ぼくと背を比べた。

「十センチはちがうか。そのせいかな。もう一回すわって、のけぞってみて」

すわって寄りかかり、両手を上にあげて、思いっきりのけぞる。ぐらっ。

「あ、ダメだ。ちょっとヤバいかも」

梨々がかがんでイスの接地点を確認し、木片を足して、安定性が増すかどうか試している。

「安定性を増すためには、あと二センチはほしい感じ。それか接地点をさ、五点にするといいはずだよ。接地点が多いほど安定性が増すって前に聞いたことがある。デザイン的にはどう？」

「うーん、五点にするってことは、今の十字の脚が五本の放射状になるってことだろう。

それはできれば避けたいな。二センチずつ延ばすか……」

脚はなるべく少なく、すっきりさせたい。だったら、接地点を外に延ばすしかない。でも、今のシンプルなデザインで二センチずつ延ばすと、バランスがくずれるかな。

「人間工学で理想的な設計にしてあるはずなんだけどなぁ」と、ぼやきながら大きくため息をつくと、少し先で作業をしている職人さんがニヤニヤしながらこっちを見た。加工技術の指導はするが、デザインに関しては公平さをキープするためにいっさい口を出してはいけないと、早川宗二朗さんから言われているらしい。

ぼくは立ち上がり、イスをしげしげと眺める。

「あ、そうか……。背もたれが低めだから、ぼくが思いきり寄りかかると、背中の半分から上が後ろへぐんと倒れるだろ。しかも両手を高くあげると、全体重の重心がさらに後ろに移って、不安定になる。梨々はぼくよりは背も低いし体重も軽いから、それが起きないんだ。だから、一般的なイスの人間工学上では理想的なサイズの接地点を持っていても、このイスの場合、脚をもう少し後ろに延ばさないといけないんだと思うな」

ちらっと職人さんを見ると、小さくうなずいてくれた。合格かな。ホッとした。

「後ろの二本脚（あし）だけ、二センチ延ばすってのはどう？」と、梨々（りり）が提案した。

「いいアイディアだね。前も延ばすと、立ち上がったときにつまずいたりするから、後ろだけのほうが賢明（けんめい）だ。でもそうすると中心のパイプにはめこまれる角度も変わるから、かなり作り直しになっちゃうか」

と言うと、梨々は自分の胸をポンポンたたいた。

「デザイナーくん。わたしにまかせなさい。そのための原寸模型（モックアップ）だからね」

「よろしくお願いします」と言ってぼくは素直（すなお）に頭を下げた。

　このところ、ぼくはずいぶん変わったと思う。一人でできることなんて、たかが知れていると気づいたからだ。おっかなびっくりでも、だれかにまかせること。そして、だれかにまかされること。たがいに寄りかかり合う一〇五度の関係。苦労や喜びを共にすることがこんなにおもしろいなんて、知らなかった。

　ぼくと梨々だけじゃない。このイスを作るのには、多くの人の手が関（かか）わっている。技術を教えてくれたセーディアの職人さんをはじめ、木材を売った人、加工した人、丸太を運んだ人、木を切り倒（たお）した人、その木を植えた人。それから、ボルトやネジ、塗料（とりょう）、クッション素材やそれを包む素材など、ものすごく多くの人の仕事が次々にバトンタッチされて、ぼくたちの手に入ってきた。もしこれが製品化された場合、さらにいろんな人へバトンタッチが続いていくだろう。

　そう考えると、建築のような壮大なプロジェクトじゃないかもしれないけれど、このシンプルなイスにも、社会のつながりが凝縮されているような気がしてくる。

　そのつながりの中に、ぼくはいるんだ。


　細かいところを何度か作り直して、塗装して、ついにぼくたちのイスが完成したのは、七月の頭だった。途中、中間テストの前の二週間はプロジェクトをいったん停止して、勉強に集中した。約束どおり梨々の勉強も手伝ったし、この三か月間、力の具合が悪くない限り、毎日一時間ずつ、勉強を教えた。

　もちろんオヤジには内緒だ。知られちゃまずい。オヤジは、力はがんばらなくていいと信じているんだし、そんな暇があったら自分の勉強をしろ、とぼくを怒鳴りつけるのは目に見えている。かあさんは、毎日二階に上がっていくぼくを見てうすうす感づいてはいたみたいだけど、「あまり無理をさせないで。あの子はあなたとは頭のできがちがうのよ」とだけ言った。

しかしぼくは思う。力は、たぶんぼくよりも頭がいい。ひらめきというか、パッと瞬時に理解することがある。それは天性のセンスだと思う。学校を休んだ分遅れているのと、がんばる体力と気力がないだけだ。いつか力は、体力も気力もついて熱も出さなくなり、なにかおもしろいことをしでかすんじゃないかという気がする。

とにかく、結果、力の成績はかなり上がって、学校の授業がおもしろくなってきたと言った。成績が上がったことよりも、授業がおもしろくなってきたことのほうが大切なんだと言うと、力はうれしそうにうなずいた。

梨々の学年順位も三十位上がった。結果が出たとき、梨々はあまりに喜んで、廊下でぼくに飛びついてきたからあわてた。いくら相手が梨々でも、やっぱり女の子だ。カトシュンたちにからかわれるくらい、ぼくは赤くなっていたらしい。

ぼくはというと、学年順位が十位に下がった。

オヤジは「次は必ず五位以内にもどれ！」と怖い顔をしたけど、ぼくにとっては、そんなことはたいした問題じゃなかった。なにしろテストの結果が出る前日の夕方、ぼくらのイスがついに完成したのだ。

それは記念すべき瞬間だったけれど、まだやるべきことがたくさんあった。原寸模型を写真に撮って、スケッチや図面や説明なんかを合わせて、一枚の大きなプレゼンテーションパネルにして提出しなければならない。このプレゼンパネルによる予選で上位二十位までしぼられたチームだけが、最終審査のための原寸模型を搬入する。

ぼくたちは写真を撮ったり、説明文を書いたり、スケッチや図面をコピーして、それらを貼り合わせてパネルを作った。大学生なら、きっとコンピュータで全部やって、専門のサービスセンターで大判プリントした、完璧なパネルを提出するんだろう。

でも、ぼくたちはグラフィックのソフトを持っていないし、セーディア社のPCを借りるとしてもそれを使う技がないし、そもそも大判プリントは高すぎる。だから全部手作業だ。けっこういい出来だとは思うけど、実物を見てすわってもらえないと、このイスの良さはわかってもらえないんじゃないかと、心配になってきた。

17 全国学生チェアデザインコンペ

ぼくたちの作品は予選を無事に通過した。

梨々はさも当然だと言う顔をしたけど、ぼくは正直いって自信がなかったから、飛び上がって喜んだ。

原寸模型を搬入したのは一週間前。そして今日、七月最後の土曜日、いよいよ結果発表と表彰式だ。

かあさんが「おじいちゃんをいつものグループリハビリに送って、真と力を買い物に連れていきます」とオヤジに言って車で送ってくれたおかげで、じいちゃんや力も来られた。じいちゃんは、ぼく以上に朝からそわそわしていて、家でゴロゴロしていたオヤジにバレるんじゃないかと思ってひやひやしたほどだ。

かあさんに頼みこんで、コンペのことは、最後までオヤジには内緒にしてもらった。きちんと話したほうがいいと言っていたかあさんだったけど、ぼくがあまりにしつこく言うもんだから、ついに折れてくれた。秋の期末テストは絶対に順位を取りもどすからという約束で、かあさんはオヤジには内緒にすることを渋々承知してくれた。オヤジは話してもわかってくれる相手じゃない。今バレたら、中間テストの結果が悪くなった理由が、コンペのせいだってことになってしまう。そうなったら、監視が厳しくなって、来年はコンペに参加できなくなる。

ぼくはスマホで何度も時間を確認しながら、入り口で梨々を待っていた。

肝心の梨々は、待ち合わせ時間を十分過ぎたけど、まだ来ない。ほかの作品をいっしょに見ようということで、結果発表の時間よりかなり早めに待ち合わせしたのに。

やっと、ジーンズの短パンに白いTシャツ姿の梨々が走ってきた。ものすごくカジュアルだ。学校の制服のスラックスにマリンブルーのポロシャツを着てきたぼくは、なんとなくアンバランスな自分が恥ずかしくなった。

「ごめんごめん。寝坊しちゃった」

まったく梨々らしい。神経質なぼくは夜明けに目が覚めたというのに、梨々はコンペの結果発表当日に寝坊ができるんだから、たいしたもんだ。

急いで会場に入ると、壁際にずらりと作品が並んでいた。「触らないでください。写真撮影禁止」という札が立っている。

最初のいくつかは入賞レベルではなさそうで、「なんだ楽勝じゃん」と梨々が喜んだけど、少し先に人だかりがしていて、ドキッとした。撮影禁止のはずなのに、みんなスマホで写真を撮りまくっていて、なかなか近づくことができなかったくらいだ。

ぼくは見た瞬間に、それまでの強気がさーっと引いて行くのを感じた。３Ｄプリンターで削りだしたパーツを組み合わせた、まるで現代彫刻のような白いイス。パネルの説明なんか、見る必要はなかった。ただ、そこに置かれているだけで、圧倒的な存在だ。

「すごい」そうつぶやかずにはいられなかった。

「でもさ、すわり心地はサイアクなんじゃん？」

梨々が指摘したことは確かだけど、そんなことも超越してしまうほど斬新なイスだった。

だからこそ、こんなに人が集まってきているんだろう。それだけでもすでに価値があるかもしれないというくらい。それに、地方の美大のたった一人の生徒が作ったんだ。

やられたな、という気持ちですごすごと先に進むと、数人が笑いながら見ているイスがあった。工業高校の一クラス全員で作った、まるでアニメのロボットみたいな突拍子もないイスだった。原寸模型もけっこう雑だし、指さしてゲラゲラ笑っている人までいる。けど、パネルを見て驚いた。このイスは、いろんな形に変化するのだ。それこそ変形ロボみたいに。

「なにこれ。個性的だけど、作りが雑すぎ！」と梨々は言ったけど、デザインの好みは別として、ぼくはこのイスに可能性を感じた。

「いやこれ、形だけで見ないほうがいいよ。ほら、パネル見て。すごいアイディアだ」

悔しいけど、このイスにはなんだかすごいパワーがある。認めないわけにはいかない。

その後はとくに特徴のないイスが続いてから、ぼくたちのイスがあった。数人が真剣なまなざしで見ていて、スマホで写真を撮ったり、うなずいたりしている。人だかりはできていないけど、感心してくれている人はけっこういるみたいだ。

「ねね、けっこう人気あるじゃん？」と、梨々はうれしそうに言った。

ぼくは後ろを通るときに耳をすませ、コメントをしている人たちの話を盗み聞きする。

「けっこう、こなれたデザインだよな」「原寸模型の出来も悪くないじゃん」「中学生にしちゃ、すごいね」

けなされているわけじゃないけど、落ちこんだ。「中学生にしちゃ、すごい」っていうことは、勝負になってないってことだから。

それからまた平凡なイスが続いて、最後にどかんと、ぼくを圧倒したイスがあった。そんなに人だかりはしていない。ハデなイスじゃないからだろう。一見するとごくふつうのイス。でも、ぼくは見た瞬間に、ヤバい、と思った。

繊細なラインで、ひと目見てすわりたくなるイスだ。斬新なアイディアはとくにないけど、細部まで気を抜かずに徹底して計算されてデザインされている。どの部屋に置いてもしっくりきそうで主張しすぎず、それでいてまわりまでも美しくするような静かなデザインだ。原寸模型のレベルも高い。このコンペが製品化を前提にしていることを考えると、これが一番グランプリに近いイスだと思う。

「これはきれいだね。ＴＫ大の建築学科の五人だって」

梨々に言われてはっと顔を上げる。イスに見とれていて、パネルを見るのを忘れていた。このコンペの参加者は、毎年美大や工業高校、あるいは大学のデザイン科の生徒ばかりだった。まさか建築学科の生徒が応募するとは思っていなかった。

パネルを見れば、彼らの意図は一目瞭然だ。イスが作品として自己主張をするのではなく、いろんな家、いろんな部屋にすっと調和しているイメージ写真だ。このイスは、どんな部屋をも、より居心地の良さそうな空間にしていた。

ぼくは、大きなため息をついた。まだぜんぜん同じレベルで勝負できていないじゃないか。同時に、大学生でこれだけすごい作品を作ってきた彼らに、あこがれもする。ぼくもこういうイスを作れるようになりたい。


ぼくと梨々は、前列の参加者席の端のほうにすわった。敗北は明らかだったから、できれば後方の客席にすわりたい気分だった。どうひいき目に見ても、ぼくたちの作品は、あの建築学科の五人の作品より数段劣っている。

「想像以上にレベルが高かったよ。残念だけど、いい勉強になった」

スマホで撮ったほかのイスの写真を見ている梨々に話しかけると、「なにそれ！」と、返ってきた。

「そんなこと言わないでよ。もし変形ロボのやつが受賞したら、わたし、抗議するからね！」

たしかに、あの作品の仕上がりはかなり雑だった。原寸模型の出来だけで勝負するなら、梨々の腕のほうが勝っているだろう。

でも、肝心のデザインで、ぼくたちの「フリースタイル」は、彼らの作品にも負けていると思う。あれだけがんばってくれた梨々には、本当に申し訳ないけど。

「オレの力不足で、ごめんな」と言うと、梨々は「あやまるな、バカ。わたしはロボットイスや彫刻イスより、真のデザインのほうが数倍いいと思うよ！」と言って舌をペロッと出した。

梨々の明るさに救われる。ぼくは笑って、あいさつを始めた司会者のほうを見た。

司会者は、まず表彰式の遅滞をわびた。遅れた原因は、審査員たちのディスカッションが長びいたからだという。意見が合わずにもめたんだろうな。

「それでは、第三十回全国学生チェアデザインコンペの審査結果を発表します。今年は、グランプリ、優秀賞、佳作に加えて、審査員特別賞が設けられました。それではまず、その審査員特別賞から発表いたします」

　せめてぼくがすごいと思った作品が受賞するといいな、なんて思いながら、壇上の審査員たちをぼんやりと見る。

「審査員特別賞には、このコンペ始まって以来最年少の……」と聞いた瞬間、梨々がぼくの手をぎゅっとにぎってきた。

「中学生ながらも、非常に完成度の高いデザインと原寸模型で我々を驚かせた、大木戸・早川チームの『フリースタイル』」

　ぼくは目をしばたたかせて、ぼーっとしていた。今なんて言った？

「早く！」と梨々に手を引っぱられて、ようやくぼくは、自分たちのことだと自覚した。立ち上がってよく見ると、スポットライトが、ぼくたちの「フリースタイル」に当てられていた。

うずまく拍手の中、夢心地で賞状と記念品をもらい、審査員からのくわしい批評を聞いて、頭をあちこちに下げまくった。

自分たちの席にもどると、入賞したという実感がじわじわとわいてきた。そして、この数か月間、一〇五度以上寄りかかっていたぼくを支え続けてくれた相棒に、「ありがとう」と、やっと言えた。受賞するしないにかかわらず、もっと早く言うべきだったけど。

梨々は「こら、そんなマジな顔するな！　照れる！」と言って、ぼくの脇腹を肘で突っついた。あまりの痛みに返す言葉を失っていると、梨々は急に顔を近づけて、「こっちこそ、ありがと」とささやいた。

佳作には、例の変形ロボが選ばれた。発表された瞬間、ブーイングと拍手が同時に起きた。好き嫌いが分かれるデザインなのだろう。梨々も横で文句を言っていた。審査員は「デザインや原寸模型の完成度には問題があったものの、革新的で、限りない可能性を秘める作品」と称賛した。

優秀賞には予想どおり、白い現代彫刻のイス。会場から熱い拍手が起きた。すでにファンがたくさんいるらしい。

司会者がグランプリ受賞作を発表したとき、会場からは「えーっ」と、予想外だというような声も出たけれど、ぼくは納得した。あのイスがグランプリなら、文句ない。まわりに溶けこみ、さらにその環境をそっと美しくしてしまうようなイス。

「国立ＴＫ大学建築学科のみなさん、こちらにどうぞ」という声に続いて、男女五人が前に進み、審査員たちの批評を聞き、大きなカップと賞状を受け取った。一見とても地味な彼らが作り上げたものは、あの静かにたたずむ美しいイスだ。ぼくには、そのことがとてもしっくりきた。

表彰式が終わり、夢の中にいるような気分のまま、後ろのほうで手をふりまくる力やかあさん、じいちゃんたちのほうに行く。じいちゃんは興奮しすぎて心配になるほどだし、かあさんも「二人ともがんばったね！」と、満面笑顔で喜んでくれた。力は頬を赤く染めて言った。

「お兄ちゃん、すごい」

ぼくを見上げる小さな頭をくしゃくしゃっとなでると、小さな声で力がつぶやいた。

「お兄ちゃんはどんどん遠くに行っちゃう」

胸をぎゅっと掴まれた気がした。

「力」

腰を曲げて、力の耳元にささやいた。

「たんぽぽの話、覚えてるか？」

「え？」と、力は首をかしげた。

「たんぽぽは土に根を張って動かないけど、綿毛は風に乗って遠くまで行けるんだぞ。おまえはこの先丈夫になるかもしれないし、もしなれなくても、たんぽぽみたいに綿毛をあちこちに飛ばせばいい。インターネットでもオレでもなんでも利用して、おまえの綿毛を遠くに飛ばせ」

力は目をきらっと輝かせた。

「そっか。わかった。飛ばすよ。うーんと遠くまで」

ぼくはうなずくと、力と久しぶりに手のひらをパチン！　と合わせた。力の手は、前よりずいぶん大きくなった気がした。

会場をうろうろしていた梨々が、ぼくのほうにもどってきた。

「あの建築学科の人たち、自分たちで原寸模型作ったんだって！　信じらんない。お勉強ばかりしている頭でっかちの人たちだと思ってたのに。わたしまだまだ修業が足りないや」

梨々は、グランプリのカップをかかげて喜び合っている五人組を見ながら言った。

「たしかに、デザインも原寸模型も、めちゃくちゃ完成度高いよな。オレも、いろいろ考えさせられたよ。あの人たちのパネルを見て、このあいだからもやもやしていたことにケリがついた。建築を勉強したい。できればあのＴＫ大で。イスだけじゃなくて、それが置かれる空間にも興味が出てきたんだ」

自分の中で、はっきりした進路の答えが出た。それはイスが審査員特別賞を獲得したこと以上の成果かもしれない。

「げっ、あそこ超難関じゃん。でも、真ならきっと大丈夫だよ！」

ぼくは力強くうなずく。今度は、「夢のためにあとちょっとのガマン」じゃない。「夢のために走れ」だ。喜んで突っ走るよ。でもその前に、やりたいことがある。

「梨々、さっき審査員に言われたじゃん。オレたちのイス、完成度は高いけど、腰の部分がすっぽり開いているから、深くすわると腰がちょっと不安定な感じがするって。でも、そこをクリアすればきっといい製品になるだろうって。反省して練り直したいんだけど、どう？」

「わたしもそれやりたいと思ってた！」

梨々の即答がうれしい。ぼくたちは、同じ方向を見ている。

「審査員特別賞」の札のついたぼくたちの作品を見ながら梨々と話し合っていて、一瞬、心臓が止まるかと思った。聞きおぼえのある声が近づいてきたからだ。

「やっぱりここか。おまえの部屋の引き出しにコンペのパンフレットがあったから、もしやと思って来てみれば……。コソコソと、わたし以外の全員がグルだったってわけか」

「あなた！　ごめんなさい。でも……」

かあさんがあわてふためいている。

「もういい」

妙に静かな声で、オヤジが言った。

恐怖と怒りが、同時にわき上がってきた。べつに悪いことをしたわけじゃない。報告しなかっただけじゃないか。息子が本当のことを言えなくなるような威圧感を与える自分が悪いんだろ。ぼくの部屋を勝手にかきまわすような卑怯なことをしたのは、オヤジだ。パンフレットは、引き出しのいろんな紙の下に入れてあった。そんなに簡単に見つかる場所じゃなかったんだ。

「なんだ、その目は」

オヤジはぼくの前に立ちはだかった。この人には、どうせなにを言ってもムダだろう。だから、目で訴えるだけだ。

「おまえがずいぶんイスに熱中していたから、こんなことじゃないかとは思っていたんだ。このコンペに参加したせいで、テストの結果が悪くなったんだな？」

オヤジの言葉にイラッとしたとき、力が口をはさんだ。

「おとうさん、ちがうんだよ。お兄ちゃんはぼくの……」

力の言葉をさえぎろうとして、ぼくは思わずオヤジに向かって「いいかげんにしてくれよ！」と、怒鳴っていた。近くを歩いている人たちの視線をあびて恥ずかしい。けど、ここで力をがんばらせていたなんてことがバレたら、話はもっとややこしくなる。

それに、力や梨々のために多少時間を割いたことなんて、関係ない。理由は自分が一番よくわかってる。イスのことが気になって、勉強に集中できなかったんだ。

「いいかげんにしろとは、どういう意味だ？」

「学年順位が五番落ちたくらいで、そこまで言わないでほしいっていう意味だよ。ぼくは……前回の結果がすごく良かったから、甘く見ていたんだと思う。でもこのイス、審査員特別賞をもらえたんだ。これは、ぼくにとっては大事なことなんだ。次の期末テストでは必ず順位を挽回するから、イスのデザインを自由にやらせてほしい」

オヤジの顔色が曇った。

「こんなコンペでおまけの賞をもらったぐらいで、いい気になるんじゃない。これでもう気がすんだろう。来年はこんなことで時間をムダにするな」

こんなこと、だって？

胃が焼けつくように痛みだした。審査員特別賞というある程度の成果を出したから、少しは認めてくれるかと思った。なのに、オヤジは、まるでガラクタでも見るような目つきで、ぼくたちのイスを一瞥した。

「時間のムダじゃないよ。なんでわかってくれないのかな。このコンペは、みんなの作品と自分の作品を間近で比較できて、審査員の批評も直に聞けるすごいチャンスなんだ。とうさんになにを言われても、来年もこのコンペに参加するよ」

オヤジは目を細めて、あごを左右に動かした。二年前にぶっ飛ばされたときも、こんな感じだった。まさか人前で殴られることはないだろうけど、ぼくは身構えた。

「おまえ、本気でイスのデザインをやろうと思っているのか？」

「ああ、そうだよ」

「趣味でやれと言ったはずだぞ！」

ぼくはオヤジをにらみつけながら首を横にふる。

「自分のためだけにイスを作りたいわけじゃないんだ！」

「どうしてもわたしの忠告を聞けないのなら、将来は飢え死にする覚悟でやれ。茨の道を自分で選ぶ以上、泣き言を言うな。途中で放り投げても、助けてやるつもりはないぞ！」

太い声でそう言い放つと、オヤジはきびすを返した。「千夏、帰るぞ！」とふり向きもしないでかあさんに言って、すたすたと歩いていった。

最後になにも言い返せなかった自分にいらだって、ぼくはただこぶしをぎゅっとにぎった。手のひらに爪が食いこんできた。悔しくて、情けなくて、涙すら出ない。

「まあ、聞けって、真」

じいちゃんが、ぼくの背中をポンとたたいた。

「あいつのいう事にも一理あるしな、親に反対されるぐらいでやめられるんなら、最初からやらなきゃいい。その程度であきらめるような連中は、クリエイターなんかになるもんじゃねえよ。それだけは確かだな。まだ時間はたっぷりあるさ。よく考えな」

かあさんがじいちゃんの腕を取って「梨々ちゃん、ごめんなさいね。じゃ、真、先に帰ってるわよ。梨々ちゃんといっしょに電車で帰ってきなさい」と告げて、出口に向かっていく。

力は何度もふり返りながら、かあさんに続いた。

だんだん人が少なくなっていく会場に、ぼくはしばらく立ちすくんでいた。

今こそ進みたい道がはっきりと見えてきたのに、あそこまで言われると、ワクワクしていた気分が一気に萎えてくる。

うまく行かないかもしれない。

途中で放り投げたくなるかもしれない。

将来オヤジに、それ見たことか、と言われるかもしれない。

でも、これがぼくの、行くべくして行く道なんだ。

「真……」

梨々が心配そうにぼくの顔をのぞきこんだ。

ぼくはうなずいて、梨々の手をしっかりにぎる。

「まずは、イスを改良することから始めよう」

会場のずっしりと重い扉を開け、ぼくと梨々は焼けつくような日差しの中に足を踏み出した。

あとがき

みなさんは、もうやりたいことを見つけましたか？

たとえやりたいことが見つかっても、事情があって実現できなかったり、自分には才能がないと、最初からあきらめている人もいるかもしれません。

ところで才能ってなんでしょう。「好きこそものの上手なれ」と言うように、情熱こそが最も重要な要素だと思います。もちろん、さまざまな条件や運も左右するでしょうが、やりたいことをやる方法は、ひとつではないはずです。独学で苦労してプロダクトデザイナーになった人や、エンジニアをやりながら本の表紙絵を描いている人もいます。身長制限でパイロットにはなれなかったけれど、航空関係の仕事に就いて溌剌と仕事をしている人もいます。好きだからつらくても耐えられるし、あきらめないで続けられるのです。

ただし、好きなことを仕事にして生活していくつもりなら、覚悟は必要かもしれません。私の経験では、想像していた以上に大変でした。奨学金をもらって留学しデザインの専門教育を受けましたが、卒業後なかなかプロダクトデザイン一本では食べていけず、いろいろな副業をしながらのろのろと坂道を上りました。でも、このときの苦い経験が、物語を書く上でとても役に立っているのですから、人生とはおもしろいものです。
やりたいことは途中で変わるかもしれないし、うんと歳をとってから見つかるかもしれません。ある時、九十歳を過ぎてから絵を描き始めたおばあさんが「将来の夢は個展を開くこと」と、目を輝かせて語っているのを聞いて、はっとしました。「向かっている」という意識こそが人生を明るくするのだと、気づかされました。

今はまだやりたいことが見つかっていなくても、きっと見つかるはずです。十年、二十年後には、現時点では想像すらできない仕事をしているかもしれませんね。大事なのは、自分の気持ちを大切にし、一歩踏み出して「向かっていく」意志だと思います。みなさんが、本当にやりたいことを、いつか見つけられますように。

この物語には、私の長年に渡るプロダクトデザインの経験を盛りこみました。漢字に外来語のフリガナがついている言葉が多々出てきますが、なるべく現場で使われている言いまわしにしたかったので、このような表記にしました。また、一緒に仕事をしてきたモデラーさんをはじめ、元広告代理店の友人たちの話を参考にさせていただきました。心よりお礼を申し上げます。

二〇一七年九月

佐藤まどか

イラストレーション／田中寛崇
ブックデザイン／城所潤（ジュン・キドコロ・デザイン）

一〇五度

2017年10月30日　初版発行
2018年６月10日　３刷発行

著者　佐藤まどか
発行者　山浦真一
発行所　あすなろ書房
〒162-0041 東京都新宿区早稲田鶴巻町551-4
電話 03-3203-3350（代表）
印刷所　佐久印刷所
製本所　ナショナル製本

ISBN978-4-7515-2873-0 NDC913 Printed in Japan